책과 함께 만났던
그녀들에게

엄마
독서모임의
질문들

엄마 독서모임의 질문들

초판 1쇄 2022년 10월 17일

지은이 강원임

펴낸이 원하나
편집 조유진
교정 김동욱
디자인 정미영
일러스트 정기쁨
출력·인쇄 금강인쇄(주)

펴낸 곳 하나의책
출판등록 2013년 7월 31일 제251-2013-67호
주소 서울시 관악구 남부순환로 1855 통일빌딩 308-1호
전화 070-7801-0317 **팩스** 02-6499-3873
블로그 blog.naver.com/theonebook

ISBN 979-11-87600-17-6 03800

엄마 독서모임의 질문들

우리는 묻고 답할수록
깊어진다

강원임 지음

하나의책

일러두기

1. 이 책의 맞춤법 및 외래어표기법은 국립국어원 표준국어대사전의 표기 원칙을 따랐습니다. 다만 본문에 언급된 책 제목이 표준국어대사전의 표기 원칙과 다를 경우, 출간된 제목을 따랐습니다.

2. 본문에 두 문장 이상 인용된 문장은 디자인을 달리해 구분하고 페이지를 밝혔습니다. 단, 한 문장 이하 또는 구절을 본문에 녹여 인용한 경우에는 따옴표로 본문과 구분하고 별도로 페이지를 기입하지 않았습니다. 개정 증보판이 출간된 일부 책의 경우 페이지가 다를 수 있습니다.

3. 이곳에 등장하는 독서모임 회원들의 말은 책의 형식에 맞게 일부 각색 되었습니다.

4. 본문에는 소개된 책의 줄거리와 핵심 내용이 포함되어 있습니다.

독서모임의 세계

어떻게 9년 동안 아이들을 키우면서 독서모임을 계속했냐는 질문을 받으면 살려고 그랬다고 답했다.

살려고 책을 읽었다니, 너무 비장한 이유처럼 들릴까. 이 말에 어느 정도 공감한 사람이라면 틀림없이 책 읽는 엄마일 것이다. "여자들은 살기 위해 책을 읽으며, 삶을 견디기 위해, 즉 살아남기 위해 책을 읽는 경우도 드물지 않았다."(《여자와 책》, 슈테판 볼만, 유영미 옮김, RHK, 2015)라고 말한 슈테판 볼만에게 조심스럽게 반기를 들자면 '드물지 않았다'는 표현은 부족하다. 독서모임에서 내가 만난 엄마들에게 이는 거의 절대적 이유였다. 존재의 상실은 곧 삶의 상실이기 때문이다. 독서에서 존재의 의미를 찾는 여성, 엄마의 독서에는 그런 간절함과 생존을 향한 투쟁이 깃들어 있다.

엄마에게도 사유와 환대의 시간이 필요하다.

나의 첫 책《엄마의 책모임》에 사인을 해 줄 때마다 적었던 문장이다. "엄마들에게 사유라는 단어가 낯설고 어렵지 않겠어?"라는 친구의 말을 들으면 씁쓸했다. 그만큼 엄마의 삶은 사유라는 말과는 거리가 멀어 보인다. 하지만 달리 보면 엄마라는 자리만큼 깊게 사유할 수 있는 자리도 없다. 한 인간을 사회인으로 길러 내기 위해 인문학을 실천해야 하고, 생명과 자연의 경이로움을 잘 이해해야 하고, 인생에서 심신이 가장 극적으로 변화하는 기간을 겪어 내야 하지 않는가. 그럼에도 엄마들을 향한 환대는 여전히 부족하다. 책을 읽고 나누기 위해 모인 이들은 서로 공감하고 배려하며 환대한다. 이로써 다시 살아갈 수 있는 에너지를 공급받는다. 엄마에게는 바로 그 시간이 필요하다.

책보다는 함께 모인 사람들 덕분에 여러 번 지혜와 현답의 문 앞에 설 수 있었다. 그 문을 열고 들어가는 사람은 나지만, 문 앞에 설 기회를 만들어 준 것은 바로 그녀들이었다. 만약 전생이 있다면 이들은 내가 몇만 년에 걸친 삶에서 만났던 스승들이 아닐까. 독서모임에서 책이나, 질문보다 더 중요한 것은 그곳에 모인 사람이다. 독서모임은 그들이 서로에게 보내는 신뢰와 존경, 진실한 화합으로 완성된다. 낯선 서로에게 다정 어린 시선으로 경청해 주는 애서가들의 작은 지적 공동체에서 그녀들이 만든 작은 연대의 포자들이 멀리멀리 퍼져 나가길 바란다.

지구는 둥글다. 자연이 만든 커다란 세계는 둥글지만, 인간이 구축한 세계는 네모나다. 내 손에 든 책조차 네모다. 그래서인지 자꾸 각진 구석으로 내몰려 웅크리고 있는 자들이 생긴다. 둥글고 각지지 않은 곳으로 가고 싶다.

이제 둥그렇게 앉아 책으로 이어진 원형에서 굽은 허리를 펴고 모두를 마주할 수 있는 장소에 왔다. 인간이 만든 원형의 자리, 연대의 모양, 마주하는 얼굴, 서로의 메아리가 휘돌아 사유의 에너지를 만드는 곳, 자기 인식의 세계로 들어가는 웜홀wormhole, 책으로 시작해서 사람으로 끝나는 짧은 여행, 독서모임의 세계를 오늘도 나는 꿈꾼다.

2022년 가을

강원임

《엄마 독서모임의 질문들》 사용 설명서

추천 모임 기준

- **회원**: 5~10명
- **시간**: 약 2시간 내외
- **별점**: ☆☆☆☆☆
- **감상 & 인상 깊었던 문장**: 30~40분
- **함께 나눌 질문들**: 1시간~1시간 10분
- **함께 나눈 소감**: 10분 내외

이 책은 엄마 독서모임에서 읽은 책과 질문을 모은 것입니다. 그림책, 산문, 문학, 고전, 사회·인문서 등 분야별로 나뉜 책 서른 권이 담겨 있습니다. 독서모임을 위한 질문에는 여성이자 엄마로서 할 수밖에 없던 질문과 보통의 독자로서 바라본 질문을 고루 다뤘습니다. 다른 사람이 보기에는 서툴고 얕다고 생각할지도 모르겠지만, 지금껏 엄마들과 진솔하게 나눈 책 이야기들입니다.

모임을 시작할 때는 가장 먼저 책에 대한 간략한 감상과 별점을 한 명씩 돌아가며 발언합니다. 그 뒤 인상 깊었던 구절이나 부분을 자유롭게 나누고, 본격적으로 질문에 관한 의견을 나눕니다. 몇몇 질문은 개인마다 민감하게 받아들일 여지가 있으나 모임의 분위기나 신뢰도에 따라 질문을 사용하시면 좋겠습니다.

질문이 다소 포괄적이어서 다양한 답변이 나오지 않는다면 선택형 질문을 던지거나 구체적인 사례를 드는 등 변형해서 사용하시면 됩니다. 질문 수는 인원과 모임 시간에 맞춰 조정해 주세요. 모임이 끝나기 10분 전에는 항상 모임에 대한 소감을 나눕니다.

모임을 마치면 답변을 정리해서 글로 써 보기를 추천합니다. 조금 더 선명해진 생각을 발견할 수 있을 것입니다.

토론에서 나오는 질문과 발언은 사람마다 달라집니다. 이 책에 소개된 저의 주관적인 생각과 토론에서 언급되었던 이야기가 책을 선정하고 질문을 만들 때 '조금만' 도움이 되길 바랍니다. 가장 좋은 질문은 그 질문을 받을 사람들을 떠올리며 만든 질문입니다. 이 책은 모임에 참고할 만한 작은 도구 정도로만 생각해 주시고, 각각의 모임에 함께하는 이들에게 필요한 다양하고 창의적인 질문들을 만들어 가길 바랍니다.

차례

1장

그림책

때론 글보다 그림이
많은 말을 해 준다

곰씨의 의자

노를 든 신부

돌 씹어 먹는 아이

숲 속에서

스갱 아저씨의 염소

오리건의 여행

곰씨의 의자

글/그림 노인경, 문학동네, 2016

더 큰 행복을 위해 지금 솔직해질 용기

학창 시절, 친구들과의 관계 맺기는 세상에서 가장 큰 숙제였다. 한시라도 떨어지면 큰일 날 것처럼 붙어 있다가도 어느 날은 미워지고, 또 다음 날은 아무 일도 없다는 듯 잘 지내는 일이 반복되었다. 어려서는 우정의 조건에 절대적 이해가 포함된다고 생각했다. 그런 믿음 때문에 친구를 잃기도 했다. 내가 친구와 관계를 맺을 때 가장 어려웠던 부분은 감정에 솔직하지 않아 서로의 마음을 읽어 내야 했던 점이다.

《곰씨의 의자》의 주인공인 곰씨와 토끼들도 마찬가지였다. 곰씨에게는 의자가 하나 있다. 그곳에서 책을 읽고 차를 마시며 음악을 듣는다. 그런데 어느 날 토끼 한 마리가 옆자리를 차지한다.

그 토끼는 곧 둘이 되고, 결혼해 가족을 이뤘다. 토끼 가족은 곰씨를 수시로 찾아왔다. 곰씨는 결국 자신만의 시간을 잃었다.

그러나 곰씨는 토끼 가족에게 그만 오라는 말을 하지 못한다. 대신 의자를 지키기 위해 엉뚱한 짓을 서슴지 않는다. 그러다 곰씨는 병이 나서 쓰러지고 힘겹게 자기 속마음을 이야기한다. 토끼들은 둔하고 이기적인 것 같지만, 곰씨의 말을 섭섭해하거나 오해하지 않고 받아들이면서 다시 관계를 회복한다.

처음 이 그림책을 읽었을 때는 작가가 곰씨의 입장에서 이야기를 끌고 간다고 생각했다. 그런데 모임에서는 의외의 이야기가 나왔다. 현실에서는 용기 내서 말했을 때, “왜 이제 와서 그런 말을 해? 그렇게 생각하면서 계속 나를 만난 거야?”라고 말하며 화를 내고 섭섭해한다는 것이다. 자신의 미안함보다 진심의 고백을 늦춘 배신감에 방점을 찍은 것인데, 그로 인해 상처 입었던 곰씨들의 경험담이 쏟아졌다. 어쩌면 곰씨는 타고난 성격 때문이 아니라 이런 상처의 말이 축적된 인물일지도 모르겠다. 마치 과거의 인연이 현재의 혹은 미래의 인연을 방해하는 우리처럼.

좋은 관계는 일방적 희생과 용기만으로 지속되기 어렵다. 건강한 관계를 맺으려면 양쪽 모두에게 용기가 필요하다. 솔직해질 용기와 악의 없이 그 말을 받아들이고 자기 잘못을 인정하는 용기. 끝까지 자신의 감정을 말하지 않은 채 떠난 곰씨가 있다면, 옆에 있던 토끼는 왜 곰씨가 떠났는지 이유도 모른 채 기다리고 있을지 모른다.

회원 한 분이 자신은 그동안 토끼 같은 사람이었다고 고백하며, 친구가 말없이 자신의 곁을 떠난 순간이 떠올랐다고 했다. 곰씨처럼 자신이 바라는 점을 전달해 줬다면 자신도 공감하고 맞췄을 텐데, 사실 지금도 친구가 연락을 끊은 이유를 잘 모르겠다고 말했다. 토끼 같은 사람도 곰씨가 먼저 솔직한 마음을 알려 주길 기다리고 있는지 모른다.

곰씨와 토끼의 관계는 엄마인 우리 자신과 자녀의 관계로도 읽혔다. 나만의 시간을 갖기 어려운 엄마의 삶에서 겨우 만든 자신만의 시간을 방해하는 자녀들이 떠올랐다는 분도 있었다. 나만의 공간을 침해당하는 기분에 버럭 화를 냈던 순간을 고백하며, 미리 아이에게 그 시간의 중요성과 자신의 바람을 잘 전달해 줘야겠다는 생각이 들었단다.

이 그림책 마지막 장면에는 넓은 초원에서 뛰어노는 토끼들과 그 사이를 홀로 산책하는 곰씨가 그려져 있다. 사실 곰씨의 의자 앞에는 푸르고 '넓은 초원'이 있었던 것이다. 어쩌면 곰씨의 의자는 주변을 둘러보지 못하게 하는 왜곡된 자기애였는지도 모른다. 그곳을 벗어나면 더 아름답고 넓은 공간에서 '따로 또 같이' 행복

한 시간을 보낼 수 있다. 가까이에 넓은 초원을 두고도 '좁은 의자'에만 집중했던 둘의 모습이 쉽게 책을 덮지 못하게 만든다.

함께 나눌 질문들

1 곰씨에게는 의자가 하나 있습니다. 그곳에서 자신이 좋아하는 차와 책, 음악을 즐기곤 했지요. 여러분에게도 곰씨처럼 혼자 시간을 보내고 싶은 공간이 있나요? 그곳에서 무엇을 하나요?

2 탐험가 토끼와 무용가 토끼는 결혼 후, 아기 토끼들을 데리고 곰씨에게 찾아옵니다. 토끼 가족의 방문이 점점 잦아지자 곰씨는 차와 책, 음악을 조용히 즐기기가 힘들어졌습니다. 토끼 식구들은 매일 곰씨를 찾아와 즐겁게 지내지만, 곰씨는 전혀 즐겁지 않습니다. 이처럼 주변 사람 때문에 내 생활이 방해받는다고 생각한 적이 있나요?

3 토끼들에게 하고 싶은 말을 꺼내지 못하는 곰씨는 그들이 의자에 앉지 못하도록 여러 방법을 씁니다. 그래도 계속 찾아오는 토끼들에게 곰씨는 결국 화를 낸 후 쓰러지고 맙니다. 여러

분은 이런 곰씨를 어떻게 보았나요? 여러분이 만약 곰씨라면 토끼들에게 어떤 방법을 썼을 것 같나요?

4 토끼 가족은 매번 곰씨의 의자에 놀러 와 즐거워 보입니다. 하지만 곰씨의 표정은 점점 나빠집니다. 곰씨가 아파 쓰러지자 토끼들은 곰씨를 보살펴 줍니다. 그 후 곰씨의 고백을 들은 토끼들의 마음은 어땠을까요?

5 곰씨는 몸이 회복되자 속마음을 토끼들에게 털어놓으며 "앞으로 제 코가 빨개지면 혼자 있고 싶다는 뜻이니 다른 시간에 찾아와 주세요."라고 말합니다. 여러분도 곰씨처럼 오랫동안 참아 왔던 이야기를 누군가에게 털어놓은 경험이 있나요?

6 곰씨는 자신의 마음을 솔직히 말하고 원하는 바를 토끼들에게 전달합니다. 그 후 '넓은 초원'에서 각자 원하는 대로 자신들만의 시간을 즐기는데요. 여러분은 이 초원이 무엇을 의미한다고 생각하나요?

노를 든 신부

글/그림 오소리, 이야기꽃, 2019

다른 해석에는 다른 가능성이 존재한다

숲속에 두 갈래 길이 있었고, 나는
사람들이 적게 간 길을 택했다고
그리고 그것이 내 모든 것을 바꾸어 놓았다고.

로버트 프로스트의 유명한 시 〈가지 않은 길〉의 마지막 구절이다. 인생은 선택의 연속이며, 우리는 어떤 선택을 하느냐에 따라 다른 삶을 살게 된다. 앞서간 사람이 많은 길은 편안하지만, 발전의 여지는 거의 없다. 반면 지나간 사람이 적은 길은 우리를 예기치 않은 곳으로 데려다주기도 한다. 그리고 그 과정에서 숨어 있는 재능을 발견하기도 한다. 《노를 든 신부》의 주인공도 바로 그런 사람이었다.

어느 마을에 투박한 드레스를 입고 노를 든 신부가 자신을 태우고 떠날 배를 구하고 있었다. 드레스를 입은 신부지만 그녀는 결혼 대신 '모험'을 택한다. 그러나 노가 하나밖에 없다는 이유로 결국 배를 타지 못한 신부는 산을 헤매다 늪에 빠진 사냥꾼과 마주친다. 신부는 어쩔 줄 몰라 하다가 사냥꾼의 아이디어로 자신의 노를 이용해 그를 구해 준다. 이후 신부는 노로 한 번도 해 보지 않았던 새로운 일을 해낸다. 과일을 따고, 요리를 하고, 곰과 격투를 하다 야구까지 한다. 노로 홈런을 잘 쳤던 신부는 야구팀 감독의 스카우트 제의를 받아 비행기를 타고 다른 곳으로 떠난다.

내가 있던 곳을 벗어나 새로운 곳에서 '모험'을 즐기는 것만큼 신나는 일도 없다. 하지만 엄마라는 위치에서 우리의 모험은 늘 현실에 맞부딪힌다. 눈앞에 닥친 일상을 해결해 가기에도 버거운데 새로운 도전에 나서는 일은 불가능할 것만 같다. 그래서인지 모임에서는 유독 이 책에 자신의 현실을 투영한 분들이 많았다. 노를 든 신부에게 질투가 난다는 분, 그동안 현실에 안주하며 살았던 자신의 모습과 대비되었다는 분도 있었다.

반면 스스로 잘 맞지 않는 옷인 결혼을 선택해서 너무 힘이 든다고만 생각했는데, 노 하나로 다양한 시도와 노력을 하는 신부를 보니 자신도 결혼이라는 모험을 잘해 나가고 있는 것 같다고 고백한 회원도 있었다. 돌아보면 결혼 덕분에 지금의 내가 있고, 오히려 많은 경험과 도전을 겪으며 성장하게 되었다고 했다. 삶은 해석이다. 어떻게 나의 삶을 해석하는지에 따라 책도 다르게 읽힌다. 어쩌면 노를 든 신부는 특별한 누군가가 아니라 평범한 우리의 이야기일지 모른다. 우리 모두 완벽하지 않은 재능을 갖고 평범한 환경에서 고군분투하고 있지 않은가.

그렇다면 신부가 들고 있던 노는 아마도 자신의 힘으로 인생을 개척해 나가기 원하는 사람의 미약한 반쪽짜리 능력이나 결핍이 아닐까? 이 그림책은 그런 불완전함에도 불구하고 사냥꾼처럼 주변의 누군가가 나의 재능을 발견하고 용기를 북돋워 줄 때, 힘을 내 삶이라는 모험에 나서고 그 과정에서 자신도 미처 몰랐던 가능성을 키워 나가는 모습을 보여 준다.

삶을 대하는 철학과 태도는 자신의 선택과 책임의 과정을 따르면서 만들어진다. 아무도 가지 않은 길을 선택하더라도 그 여정에 박수를 보내 준다면 모든 사람이 자유롭게 모험을 떠나는 발판이 될 수 있을 것이다. 비행기를 타고 떠난 신부는 프로 야구 선수로만 머물지 않을 것이다. 그녀의 엉뚱하고도 새로운 생각의 전환과 과감한 선택과 실천의 에너지로 그려 갈 미래가 궁금해진다.

1 외딴섬에 사는 한 소녀는 친구들이 결혼해 섬을 떠나자 자신도 신부가 되기로 마음먹습니다. 부모님은 소녀를 자랑스러워하며 선물로 드레스와 노 하나를 줍니다. 부모님이 소녀에게 드레스와 노를 한 개만 준 것에는 어떤 의미가 있을까요?

2 바닷가에 도착한 신부는 배를 타고 떠날 짝을 기다리는 사람들 근처로 다가갑니다. 배를 가진 사람들은 신부의 노를 보며 "미안하지만 노 하나로는 갈 수 없다."라고 말합니다. 자신을 태워 줄 배를 찾지 못한 신부는 산에 올라 자신과 같은 많은 신부가 탄 배, 산꼭대기에 놓인 호화스러운 배를 발견하지만 결국 타지 않습니다. 책에 나온 다양한 '배'는 각각 무엇을 뜻할까요?

□ 바닷가에 있는 배

□ 많은 신부가 탄 긴 배

□ 산꼭대기의 호화스러운 배

3 신부는 숲속을 걷다가 늪에 빠진 사냥꾼을 도와줍니다. 밧줄을 찾으려는 신부에게 사냥꾼은 노로 자신의 생명을 구할 수 있다고 알려 줍니다. 사냥꾼의 목숨을 구하면서 신부는 무언가를 느끼고, '이제 즐거운 시간을 보낼 수 있겠다'고 생각합니다. 여러분에게도 사냥꾼처럼 미처 생각하지 못한 것을 일깨워 준 인물이 있나요?

4 신부는 노가 하나밖에 없어서 노를 저을 수 없었지만, 이제는 그것으로 아주 다양한 일에 도전합니다. 과일을 따고, 요리를 하고, 격투를 하고, 심지어 야구도 하는데요. 여러분에게도 신부처럼 '하나밖에 없는 노'와 같은 것이 있나요?

5 신부는 추운 지방의 야구팀과 조금의 망설임도 없이 계약합니다. 하얀 눈을 보고 싶다고 말하며 배 대신 비행기를 타고 새로운 곳으로 떠납니다.

❶ 만약 여러분이 신부였다면 있던 곳을 벗어나 새로운 곳으로 떠날 것 같나요?

□ 떠난다.

□ 떠나기 주저할 것 같다.

❷ 하나밖에 없는 노를 든 신부가 배 대신 비행기를 타고 떠나는 모습에 이르기까지 무엇이 가장 큰 영향을 주었다고 생각하나요?

□ 부족한 노 한 개

□ 사냥꾼과의 만남

□ 신부의 선택과 노력

돌 씹어 먹는 아이

글 송미경, 그림 세르주 블로크, 문학동네, 2019

좋아하는 걸 좋아할 수 있을까?

취향의 발견은 몰랐던 나를 알아 가는 과정이다. 좋아하는 음식, 좋아하는 음악, 좋아하는 그림, 좋아하는 책…. 내가 좋아하는 무언가가 나를 규정한다. 그런데 이를 다른 사람에게 인정받지 못할까 봐 전전긍긍한다면 어떨까?

여기 돌 씹어 먹는 아이가 있다. 아이는 자신이 돌이 되진 않을까 걱정할 만큼 돌을 사랑한다. 어느 날, 전봇대를 갉아 먹던 아이는 더 이상 가짜 돌은 먹고 싶지 않은 마음에 엉엉 울다 진짜 돌을 찾기 위해 가족 곁을 떠난다. 여행 중 돌산에서 만난 할아버지는 "계속 돌을 먹어도 괜찮을까요?"라는 아이의 물음에 "그럼, 넌 돌 씹어 먹는 아이인걸. 무엇을 먹으면 어때."라고 말해 준다. 애정이 깃든 인정과 지지를 얻은 아이는 집으로 돌아와 처음으로 가족에게 자신은 돌을 먹는 아이라고 고백한다. 그리고 놀라운 일이 벌어진다. 가족들 모두 흙, 녹슨 못, 지우개 등을 먹는다고 울며 고백한 것이다. 용기 있는 아이의 이야기를 시작으로 가족 모두 자신의 비밀을 밝혔다. 다 함께 평안하게 깊은 잠을 잔 뒤, 날이 밝자 가족은 각자 좋아하는 도시락을 싸서 소풍을 간다.

이 책을 혼자 한두 번 읽자 아이의 감정 변화와 성장이 보였다. 가족이 자신에게 실망할지도 모른다는 두려움, 비참함, 죄책감으로 아이는 웅크리고 주저앉거나 한없이 슬픈 감정에 매몰될 수 있었다. 하지만 아이는 그렇게 하지 않았다. 자신 안의 두려움을 깨고 나오기 위해 '일어서서 움직였다'. 덕분에 돌산에서 자신과 비슷한 아이들을 만나기도 하고, 새로운 곳에서 자신을 알아봐 주는 사람을 만났다.

때로 우리는 예기치 못한 낯선 만남에서 지지와 환대, 용기를 얻는다. 나를 솔직하게 내보일 수 있으려면 우선 용기가 필요하지만, 완벽하게 일어서기 위해서는 이런 나를 받아 주는 공동체가 필요하다. 다행히도 돌산과 가족은 아이에게 그런 공간이었다.

현실은 그림책의 결말처럼 아름답게 끝나지는 않는다. 독서모임에 참석한 분들은 과연 이 가족이 끝까지 배려와 이해 속에서 생활해 나갔을지, 단 한 번의 '고백'으로 오랜 응어리를 풀 수 있었을

지 의문을 품었다. 그림책의 이상적 가족과 현실의 원가족, 현 가족, 작은 공동체 사이의 괴리감이 있었다. 한 회원은 용기 내 고백했지만 자신을 받아 주지 않았던 부모님과의 관계를 떠올리다 눈물을 흘리기도 했다. 또 아이가 돌을 찾아 떠날 때 보내 줄 수 있는 부모가 되지 못할 것 같다고 말하는 회원도 있었다. 무엇보다 용기 내어 자신의 비밀이나 솔직한 감정을 아이에게 말할 수 없을 것 같다는 의견이 많았다.

이야기는 해피 엔딩으로 마무리되었지만, 돌 씹어 먹는 아이는 계속 행복했을까? 모임이 끝난 뒤, 물음에 답하기가 더 어려워졌다. 그 아이에게 자꾸만 내 모습이 투영되어 질투와 불편한 감정이 실린다. 사회에서는 취향 존중이라는 이름으로 소통과 위로를 주고받는데, 정작 가족과는 그런 사이가 되지 못하는 것 같다. 돌산은 찾았지만, 정작 가족과의 고백은 아직도 어렵다. 따뜻한 눈물이 덮었던 고백의 밤이 지나고, 환한 대낮의 어색함과 부끄러움을 온전히 받아들일 수 있을까. 내 속의 작은 아이는 그런 부모가 없었음에 슬펐고, 부모가 된 지금은 그런 부모가 되지 못할까 두렵다. 그렇다면 나는 누구에게 고백하지 않고도, 내가 좋아하는 돌을 계속 맛있게 먹을 수 있을까?

1 《돌 씹어 먹는 아이》는 송미경의 단편 동화에 세계적인 일러스트레이터 세르주 블로크의 그림을 더해 새롭게 완성한 그림책입니다. 남들과 다르게 돌을 좋아하는 아이가 만남과 고백을 통해 돌을 다시 먹을 수 있게 되는 이야기를 담고 있는데요. 여러분은 이 그림책을 어떻게 보았나요?

2 아이는 밥보다 돌이 더 좋고, 돌을 보고 먹을 때마다 다양한 기분을 느낍니다. 하지만 아이는 전복대 같은 가짜 돌은 먹기 싫고, 가족에게 이 사실을 밝힐 수도 없었습니다. 결국 아이는 집을 떠나기로 하는데요. 만약 여러분이 아이라면 어떤 선택을 할 것 같나요?

□ 집을 떠난다.

□ 집을 떠나지 않는다.

3 아이는 여행 중에 자신이 돌 씹어 먹는 아이라는 것을 단번에 알아본 할아버지를 만납니다. 그곳 돌산에는 주인공처럼 돌을 씹어 먹는 아이들도 있었죠. 아이는 이 만남에서 무엇을 얻었을 것 같나요? 또한 여러분은 살아오는 동안 돌산의 할아버지와 같은 말을 해 준 사람이나 돌산과 같은 곳을 만난 경험이 있나요?

4 아이는 집으로 돌아와 용기를 내어 자신의 비밀을 가족에게 고백합니다. 그러자 아빠, 엄마, 누나 모두 울며 각자의 비밀을 하나씩 이야기하는데요. 여러분은 이 장면을 보면서 어떤 생각이 떠올랐나요?

5 아이는 돌을 먹는다는 사실을 처음에는 누구에게도 이야기하지 못했습니다. 하지만 돌산에 다녀온 후, 가족에게 자신의 이야기를 솔직하게 털어놓는데요. 만약 여러분이 이 아이라면 가족에게 고백하겠습니까?

□ 고백할 것 같다.

□ 고백하기 어려울 것 같다.

6 가족 모두 평안하게 깊은 잠을 잔 뒤, 다음 날 각자 좋아하는 돌, 흙, 못, 지우개로 도시락을 싸고 계곡으로 소풍을 갑니다. 서로에게 자신이 좋아하는 음식을 권유하지는 않지만, 멋진 식사를 하지요. 이 가족이 소풍을 끝내고 다시 일상으로 돌아왔을 때 어떤 이야기가 펼쳐질 것 같나요?

숲 속에서

글/그림 클레어 A. 니볼라, 김기택 옮김, 비룡소, 2004

미지의 공포가 우리의 꿈을 가릴 때

불안과 두려움은 시야를 좁힌다. 당장 눈앞에 놓인 결과에 집착하게 하고, 성급함과 초조함을 더한다. 하지만 막상 열어 보면 그 실체는 우리가 생각한 것과 다를 수 있다. 자신의 공포가 어디서 촉발됐는지 가만히 들여다보기 시작할 때에야 비로소 불안의 방에서 나올 수 있다.

아늑한 마을에 사는 작은 생쥐 한 마리가 두려움과 불안으로 밤을 설치고 있다. 생쥐가 무서워하는 것은 마을에서 가장 멀리 떨어진, 잘 알려지지 않은 숲이다. 생쥐는 이상하게 숲이 자꾸 떠오르고, 그 두려움이 자신을 짓눌러 더는 참을 수 없다. 생쥐는 드디어 두려움의 실체를 보기 위해 안락했던 자신의 집과 익숙한 마을을 뒤로하고 미지의 숲으로 들어간다.

그렇게 숲으로 들어가던 생쥐는 걷다가 넘어지는데, 조마조마한 극도의 무서움을 이기고 눈을 살짝 떠 보니 수호천사 같은 나비가 있고 몸은 조금도 다치지 않았다. 안도의 한숨을 쉬고 돌아눕자 높다란 하늘이 보였다. 생쥐는 그제야 두려움을 떨치고 새로운 존재를 느낀다.

"하늘은 숲보다 크고, 커다랗던 내 무서움보다도 더 컸어요."

전환의 스위치가 켜진 순간, 생쥐는 언제 그랬냐는 듯 숲에 대한 두려움과 불안을 까맣게 잊는다. 그리고 두려움 대신 숲의 아름다움에 감탄한다. 숲은 변하지 않았다. 그저 생쥐가 숲을 바라보는 위치가 달라졌을 뿐이다. 숲은 밖에서 본 것처럼 나무로 빽빽한 무서운 곳이 아니었다. 높이 솟은 나무 사이로 넓은 하늘이 보이는 아름다운 곳이었다.

독서모임에서는 책에 나온 숲, 즉 불안과 두려움의 대상으로 육아를 가장 많이 언급했다. 육아 중 두려움을 느껴 보지 못한 엄마는 없을 것이다. 엄마는 나의 잘못된 선택이나 실수로 아이에게 해가 갈까 늘 초조하고 두렵다. 잘 키우고 싶다는 욕망이 커질수록 불안감도 증폭된다. 하지만 엄마들은 안다. 회피로는 아무것도 해결되지 않는다는 것을. 그러다 숲으로 들어가 넘어져 보면 비로소 알게 된다. 때로는 내 곁에 수호천사 같은 사람들이 있고, 가끔 아이를 책임져야 한다는 부담과 불안을 덮고도 남을 엄청난 기쁨과 행복이 있다는 것을 말이다.

반면 나에게 숲이란 엄마가 되고 나서 꾸고 있는 '꿈' 같았다. 현실의 제약으로 꿈을 이룰 수 없기에 욕망하지만, 이룰 수 없기에 불안하다. 해낼 수 있을까 하는 막연함, 함부로 꿈꾸다 다칠 것 같은 막막함이 덮쳐 온다. 금방이라도 무서운 짐승이 튀어나올 듯한 미지의 공간에 걸어 들어가기 전까지는 무슨 일이 펼쳐질지 아무도 모른다. 넘어져 일어나지 못할지, 밝고 넓은 하늘을 마주하게 될지 알 수 없다. 꿈이란 욕망이면서 동시에 불안이다.

생쥐가 두려움의 대상으로 걸어 들어가는 순간, 그에게 예상치 못한 해방의 시간이 허락된 것처럼 우리도 두려움을 다른 각도로 바라볼 때 새로운 선물을 받을지 모른다. 미지의 공포가 가린 나의 꿈과 희망을 찾을 수도 있다.

이 그림책은 다양한 관점이 나올 여지는 다소 부족할 수 있으나 분명 자신을 더 잘 알 수 있게 해 준다. 당신은 지금 무엇이 두려운가? 지금 나의 욕망, 불안, 두려움, 망설임을 솔직하게 들여다보자. 그렇다면 그 문제가 진정한 공포인지, 아니면 욕망(꿈)이었는지 새로운 각도에서 발견할 수 있다.

함께 나눌 질문들

1 《숲 속에서》는 숲을 두려워하던 생쥐가 스스로 숲으로 들어가 미처 생각하지 못했던 숲의 아름다움을 느끼는 이야기입니다. 여러분은 이 책을 어떻게 읽었나요?

2 생쥐는 늘 숲이 두려웠다고 말합니다. 숲이 등장하는 악몽을 꾸기도 하고, 두려움을 자주 토로하기도 합니다. 그리고 이제는 더 이상 참을 수 없을 만큼 두려움이 커졌습니다. 누구나 삶에서 크고 작은 두려움을 겪으며 살아갑니다. 요즈음 여러분은 어떤 두려움을 느끼나요?

3 생쥐는 숲을 두려워하는 마음으로 괴로워하다가 결국 숲으로 향합니다. 하지만 숲으로 들어가는 입구에서 망설이는데요. 만약 여러분이 생쥐였다면 어떤 선택을 할 것 같나요?

- ☐ 다시 집으로 돌아간다.
- ☐ 숲으로 들어간다.

4 생쥐는 긴장하며 숲속으로 걸어 들어갔다가 빠르게 다가오는 검은 그림자를 피하려다 그만 넘어지고 맙니다. 잠시 후, 햇볕이 따뜻하게 비치고 부드러운 바람이 지나는 숲속에서 자신이 살아 있다는 것을 느낍니다. 그때 생쥐는 하늘을 보며 하늘이 숲보다 크고, 커다랗던 내 무서움보다도 더 컸다고 말하는데요. 이 말은 어떤 의미를 담고 있을까요?

5 두려움은 결국 그 세계에 용기 있게 맞설 때 실체를 드러내고 해결할 수 있습니다. 하지만 매번 두려움을 극복할 수 있는 상황이 만들어지는 것은 아닙니다. 여러분은 두려움에 어떻게 대처하는 편인가요?

6 그림책의 생쥐처럼 두려운 대상이나 장소에 직접 다가갔다가 새로운 감정을 느끼거나 두려움이 해소된 경험이 있나요?

스갱 아저씨의 염소

글 알퐁스 도데, 그림 에릭 바튀, 강희진 옮김, 파랑새, 2013

안전한 울타리보다 선택에 책임질 용기

아무런 정보 없이 마음이 이끄는 대로 그림책을 몰아 읽고 싶을 때가 있다. 그렇게 읽은 책이 때론 위로를, 때론 감동을 선사한다. 《스갱 아저씨의 염소》도 그렇게 아무런 예고 없이 내 손에 들어왔다가 큰 감동을 준 책이었다. 어떤 순간이라도 자신의 선택에 최선을 다하는 책임감, 자유를 향해 모든 것을 내던질 수 있는 용기, 짧은 그림책 안에 담긴 메시지는 긴 글보다 더 많은 말을 해 주고 있었다.

스갱 아저씨의 일곱 번째 염소, 블랑께뜨는 다른 염소들처럼 산으로 떠나고 싶어 한다. 스갱 아저씨는 산에 염소를 잡아먹는 무서운 늑대가 살고 있으니 가지 말라며 가둬 두지만, 블랑께뜨는 끝내 산으로 올라가 늑대를 만나고 만다. 그 순간 블랑께뜨는 도망가지 않고 늑대와 맞붙어 싸운다. 자유로운 곳으로 떠나고 싶었던 블랑께뜨는 죽을 줄 뻔히 알면서도 자신의 선택에 따른 결과를 피하기보다, 자신이 할 수 있는 가장 멋진 방식으로 그 결과의 끝을 맞이했다. 해가 뜰 때까지 힘을 다해 늑대와 싸우는 블랑께뜨의 모습에서 자유를 향해 내달리는 인간의 숭고한 욕망이 느껴졌다.

엄마들은 부모로서 스갱 아저씨의 입장이 되어 아이에게 어떤 조언을 해 줄지 고민했다. 아이가 위험한 선택을 하면 지지하지는 못하더라도 막지 않을 수 있을까? 누군가는 그 선택이 선함을 향한다면 그럴 수 있다고 말했다. 또 다른 누군가는 완전한 통제가 오히려 아이의 욕망에 불을 지필 수 있다고도 이야기했다. 왜 스갱 아저씨는 블랑께뜨가 그렇게 가고 싶어 하는 산에 함께 갈 생각은 하지 않았을까 생각해 보며 나는 자녀를 위해 함께하려는 마음이 얼마나 있는지도 돌아보게 했다. 적어도 "너 하고 싶은 대로 마음대로 살면 어떻게 되는 줄 알아?"라고 말하고 싶지는 않은데, 블랑께뜨와 같은 아이에게 어떤 말을 해 주는 게 좋을까?

부모라면 누구나 자녀를 위험한 곳으로 내몰고 싶지 않을 것이다. 어떻게든 안전한 곳에 머무르게 하면서 자녀의 마음을 돌리고 싶어진다. 하지만 점점 커 가는 자녀에게 필요한 것은 안전한 울타리가 아니라 자신의 선택에 책임질 용기다. 자신의 선택에 따라 어떤 결과가 닥치더라도 도망치지 않고 겸허하게 받아들이는 마음의 자세를 배워 나가야 할 것이다. 그것이야말로 진정한 독립이자 어른의 모습이다. 내 아이들이 평생 안전한 울타리만을 바라지 않고, 자신의 목소리를 따라 움직이는 사람이었으면 하는 마음이다.

블랑께뜨에게 늑대가 있는 산은 자신의 꿈이 있는 곳이자 동시에 꿈을 망가뜨릴 수 있는 세계였다. 분명 저 세계에 들어가면 좌절하고 무너질지도 모른다는 두려움이 생기지만, 동시에 결코 포기할 수 없게 만드는 강력한 끌림이 있다. 그것은 성공, 꿈, 사랑 등 사람마다 다를 것이다.

그게 무엇이든 상관없다. 중요한 점은 실패와 성공의 가능성이 공존하는 곳에 용기 있게 뛰어드는 것이다. 인생의 수많은 선택지에는 이 양면적인 가치가 맞물려 있다. 우리는 살아가며 무시무시한 '늑대'와 자주 마주친다. 그때마다 나는 도망가지 않고 끝까지 있는 힘을 다해 싸우려고 했던가? 적어도 누군가 그 세계로 돌진할 때 붙잡는 어리석은 행동은 하지 말자고 다짐해 본다.

함께 나눌 질문들

1 《스갱 아저씨의 염소》는 유명한 단편 소설 《별》을 쓴 알퐁스 도데의 동명 작품에 에릭 바튀의 그림이 더해진 그림책입니다. 여러분은 이 그림책을 어떻게 보았나요?

2 블랑께뜨는 다른 염소들과 마찬가지로 산으로 떠나고 싶어 합니다. 산으로 떠난 염소들이 모두 죽있기에 스갱 아저씨는 블랑께뜨를 외양간에 가두고 내보내지 말아야겠다고 생각합니다. 여러분이 스갱 아저씨였다면 어떻게 행동했을 것 같나요?

3 여러분은 무서운 늑대를 만나 죽을 수도 있다는 것을 알면서도 산에 올라간 블랑께뜨의 선택에 공감하나요?

☐ 공감한다.

☐ 공감하기 어렵다.

4 여러분도 블랑께뜨처럼 주위의 반대에도 불구하고 어떤 세계(외양간)에서 벗어나 완전히 다른 세계(산)로 움직인 경험이 있나요? 그런 경험이 있다면 처음에는 어떤 감정이었는지, 그 세계에 이르렀을 때 마음이 달라졌는지 이야기해 봅시다.

5 블랑께뜨는 어두워진 저녁에 무서운 늑대를 만납니다. 늑대를 물리칠 수 있다는 희망이 없음에도 블랑께뜨는 늑대와 끝까지 싸워 새벽까지 버텨 보기로 마음먹습니다. 결국 햇살이 비치기 시작하자마자 블랑께뜨는 늑대에게 잡아먹히는데요. 블랑께뜨가 도망가지 않고 끝까지 늑대와 싸운 이유는 무엇이었을까요?

6 이 책 처음과 끝에는 한 아이가 '피에르 그랭그와르 시인 아저씨께' 보내는 두 통의 편지가 나옵니다. 파리의 유명한 신문사 기자 자리를 거절하고 10년 넘게 시 쓰기에만 매달린 피에르 그랭그와르에게 《스갱 아저씨의 염소》 이야기를 소개합니다. 편지 마지막쯤에 "다른 사람의 충고를 듣지 않고 아저씨처럼 자유롭게 살겠다고 고집부리며 살다가는 늑대에게 잡아먹히

는 염소가 된다."라고 말하면서 끝을 맺는데요. 여러분은 이 마지막 글에 공감하나요? 만약 생각이 다르다면 어떤 내용으로 편지를 썼을까요?

오리건의 여행

글 라스칼, 그림 루이 조스, 곽노경 옮김, 미래아이, 2002

지금 여기서, 죽은 감각을 깨워 여행하기

말하지 않으리, 아무것도 생각하지 않으리.

그러나 내 마음 깊은 곳에서는 끝없는 사랑만이 솟아오르네.

나는 가리라, 멀리 저 멀리, 방랑자처럼

자연 속으로, 연인과 가는 것처럼 행복하게.

이 책을 펼쳐 보면 가장 먼저 면지에 실린 랭보의 시 〈감각〉이 눈에 들어온다. 우리는 수많은 감각을 느끼며 사는 듯하지만, 정작 그로 인한 '깊은 환희'는 자주 느끼지 못한다. 과도한 정보로 에워싸인 곳에서 잠시도 쉴 틈 없이 '얕은 감정'만이 쉽게 왔다 빠르게 사라진다. 이런 아쉬움이 남을 때쯤 《오리건의 여행》에서 감각의 여행을 발견하게 되었다.

듀크와 오리건은 서커스를 그만두고 여행하는 방랑자다. 하지만 광대였던 듀크의 코에는 여전히 빨간 코가 붙어 있고, 곰인 오리건은 아직도 서커스에서처럼 두 발로 걷는다. 둘의 여행은 어느 날 갑자기 숲으로 자신을 데려가 달라는 오리건의 부탁을 광대인 듀크가 들어주면서 시작된다. 햄버거 300개를 사 먹고 돈이 바닥난 채로 비가 오면 그대로 맞고, 지나가는 차를 얻어 타고, 남은 동전 두 개로 물수제비를 뜬다. 하지만 그들은 완벽하게 행복하다!

여행은 겨울에 끝이 난다. 듀크는 드디어 네발로 걷기 시작한 오리건을 오리건 숲에 데려다주고, 홀로 눈 덮인 길을 걸어 내려간다. 듀크의 등 뒤로는 새하얀 눈 위에 무심하게 떨어진 빨간 코가 보인다.

듀크는 이제야 자신의 가면과 같던 빨간 코를 떼어 버리고 새롭게 '자신만의 길'을 걸어가는 걸까. 아니면 모든 일을 끝마친 사람처럼 미련과 욕망을 초월한 채 목적 없는 먼 길을 떠나는 걸까. 듀크의 뒷모습에서 새로운 길을 걸어가는 자의 기쁨과 설렘, 길을 잃은 자의 막막한 두려움과 체념이 동시에 느껴진다. 늘 갇혀 있던 서커스단에서 나와 새로운 세상을 감각적으로 마주한 듀크는 어떤 생각을 하게 되었을까? 오리건을 위한 여행이었지만, 마지막을 장식한 것은 듀크의 발걸음이기에 이 여행은 듀크의 여행이기도 하다.

책을 덮고 나니 문득 나에게도 오리건처럼 날 닮은, 내가 새롭게 머물고 싶은 장소가 있는지 궁금해졌다. 또한 누군가를 위해 새로운 길을 동행하다가 삶의 행보를 바꾼 적이 있었는지도 떠올려 봤다. 타인을 위해 시작한 일이 결국 나 자신을 찾아 가는 일이 된 순간들도 돌아보게 된다. 엄마들에게 그것은 '아이를 키우는 삶'이 아닐까 싶다. 지금의 나를 만든 가장 큰 자양분은 아이를 만나고 키운 시간이었다. 아이 때문에 나를 잃은 게 아니라 아이 덕분에 진짜 나를 찾은 것이리라. 그렇기에 '아이가 자라 가는 여행'에 동행한 나에게도 이것은 빨간 코를 떼어 버리고 새로운 나를 찾아 가는 여행이 된다. 그 모든 시간이 나에게는, 우리에게는 오감을 충실하게 사용한 '진짜 여행'이었으니까.

물리적으로 먼 미지의 곳에 나만을 위한 장소가 있을 것 같지만, 나와 어울리는 곳은 '지금 바로 여기'다. 지금 이 순간을 여행하는 마음으로 감각의 세포를 깨워 본다. 내면의 여행을 통해서 자유로운 방랑자가 되어 죽은 감각을 되살리고, '빨간 코를 벗어 던진 듀크'와 '오리건에 온 오리건'이 되어 본다.

함께 나눌 질문들

1 《오리건의 여행》은 서커스 곰 오리건이 광대 듀크를 목마 태우고 노란 황금 들판 사이를 걸어가는 아름다운 장면의 표지로 눈길을 사로잡는 그림책입니다. '자유를 향한 두 친구의 기나긴 여정'을 담은 이 그림책을 어떻게 보았나요?

2 스타 서커스단에서 가장 인기가 많은 광대 듀크는 곰 오리건에게서 숲속에 데려다 달라는 부탁을 받습니다. 듀크는 분장실에 홀로 앉아 오리건이 곰 식구들과 숲속에서 살아야 한다는 것을 깨닫습니다. 그렇게 둘의 여행이 시작됩니다. 돈이 바닥나고, 차를 얻어 타고, 우박이 오면 그대로 맞으며 걷고, 발목이 부어올라도 듀크는 오리건과 함께 여행하는 것이 행복하며 오리건과의 약속을 지키려고 합니다.

❶ 듀크는 어떤 마음으로 오리건과의 여행을 결심했을까요?

❷ 여러분은 오리건의 여행을 보며 누구와 어디를 갔던 여행을 떠올렸나요?

3 여행 중 듀크와 오리건은 트럭 운전사 스파이크의 차를 얻어 탑니다. 스파이크는 듀크에게 지금 서커스 무대에 서지도 않는데 왜 아직도 빨간 코를 하고 있는지 묻습니다. 듀크는 빨간 코가 살에 붙어 버렸다고 답하는데요. 듀크의 이 말이 의미하는 것들은 무엇일까요?

4 듀크와 오리건은 차를 얻어 타며 여행하다 하루는 길가에 버려진 자동차 안에서 밤을 보냅니다. 그 차는 듀크가 태어난 해에 만들어진 차였는데요. 듀크는 자신의 처지가 그 차보다 낫다고 생각합니다. 이때 듀크의 심정은 어땠을까요?

5 오랜 여행 끝에 듀크는 오리건을 오리건 숲에 데려다줍니다. 오리건은 더 이상 두 발로 걷지 않고 네발로 걸어 숲속으로 들어가는데요. 여러분에게도 오리건처럼 자신의 이름과 닮은,

자신이 있어야 할 곳이라고 느껴지는 장소가 있나요?

___오리건___에 온 ___오리건___!

__________에 온 __________!

6 듀크는 오리건을 숲에 데려다주고 아침이 되면 가벼운 마음으로 자유롭게 떠날 것이라고 합니다. 마지막 장면에서 듀크는 눈이 쌓인 숲길 위에 자신에게 붙어 있다고 했던 빨간 코를 버리고 떠나는데요. 여러분은 이 마지막 장면을 어떻게 보았나요?

그림책을 읽고 나눈 후에

단 한 권의 그림책이 일으키는 마법

어릴 때 잠들기 전 그림책을 읽은 기억이 없다. 좋아했던 그림책도 기억나지 않는다. 내 머릿속의 첫 그림책은 서른이 넘어 아이에게 읽어 주던 것이다. 그러다 나 홀로 감동받는 순간이 점점 늘어났다. 시간이 지날수록 아이는 그림책과 멀어지는데 나는 점점 빨려 들어갔다. 아들들이 좋아하지 않을 그림책은 사지 않았던 내가 마음속 작은 여자아이만을 위해 기꺼이 그림책을 샀다. 이제는 나를 위해 그림책을 읽고 이야기를 나눈다. 내게 300쪽짜리 책과 20쪽짜리 그림책이 주는 가치는 비슷하다. 그림책은 짧고 단순한 이야기가 아니다. 심오한 주제 의식이 살아 있는 하나의 예술 작품이다.

《세모》, 《네모》, 《동그라미》, 《셉과 데이브가 땅을 팠어요》 등 여러 그림책을 쓴 작가 맥 바넷은 한국을 방문했을 때 좋은 그림책이 무엇이냐는 질문을 받고 '세상에 관해 거짓말하는 그림책'이 나쁜 그림책이라고 답했다. 유독 그림책은 아이들을 위한 책이라는 생각이 굳어져

서일까? 그림책을 떠올리면 따듯한 색채와 아름다운 이야기만 담겨 있을 것이라 기대한다. 하지만 그것은 세상에 관해 거짓말하는 것이라는 의미 같았다. 그림책 또한 다른 책처럼 세상의 모든 면을 담고 있다. 그렇게 다채로운 세상의 색을 함께 나누자고 말을 걸어온다.

그림책으로 독서모임을 할 때면 함축된 주제와 은유를 해석하고 질문을 만들기까지가 생각보다 쉽지 않았다. 물론 재미난 과정이지만 말이다. 두 시간 동안 이야기를 나눌 때도 마찬가지였다. 그 짧은 책으로 무슨 이야기를 하나 싶은 마음으로 나오셨다는 분들이 토론 마지막에는 이렇게 풍성한 나눔이 있을지 몰랐다며 놀라워한다.
그림책으로 마음을 전하는 사람, 위로받는 사람, 몇 시간이고 그림책과 함께 시간을 보낼 수 있는 사람들이 모여 마음의 호수를 만들어 둘러앉았다. 맑은 호수를 함께 바라보다가 누군가 작은 돌멩이를 던져 파동을 일으키면 모두가 한마음으로 잔잔히 부드럽게 마음이 일렁였다. 그림책 모임은 늘 이런 기분을 느끼게 해 줬다.

맥 바넷 작가는 성인이 된 지금까지도 어릴 때 읽던 그림책을 많이 보관하고 있다고 한다. 우리나라에는 자기 책장에 그림책을 남겨 둔 사람이 얼마나 될까? 회원들은 그림책 모임 후 집에 돌아가 대학생 자녀, 남편, 친정어머니, 친구에게 그림책을 선물하거나 읽어 주게 되었다고 이야기했다. 그림책과 가깝지 않은 그들에게 이야기를 들려주고 감상을 나누며 관계의 밀도를 높여 갔다.

한번은 작은 도서관에서 그림책 한 권을 읽은 적이 있다. 모임에 참석한 한 분이 눈물을 훔치며 글을 잘 모르는 자신에게도 어렵지 않고 감동을 주는 그림책이 너무 고맙다고 했다. 단 한 권, 단 한 번의 낭독. 그 짧은 순간 마법이 일어났다. 누군가에게 책을 읽어 주는 행위는 마음과 시간을 공들여 전달하는 무엇보다 깊은 애정에서 나온다. 한 권의 책을 앉은자리에서 다 읽어 줄 수 있는 그림책으로 다정히 마음을 전달하는 모습이 어떤 관계에서든 더더욱 많아지길 바란다.

2장

에세이

같은 눈높이에서
세상을 바라본다는 것은

싸울 때마다 투명해진다

엄마는 페미니스트

태도의 말들

분노와 애정

배움의 발견

나는 가해자의 엄마입니다

싸울 때마다 투명해진다

은유 지음, 서해문집, 2016

내 삶은 나의 것

2012년 출간된 《올드걸의 시집》은 엄마들 사이에서 입소문을 타며 사랑받았다. 48편의 시와 맞물리는 이 생활 밀착 에세이를 읽다 울었다는 이야기도 자주 들렸다. 하지만 아쉽게도 절판되어 많은 사람에게 소개되지는 못했다. 그러다 2016년, 《올드걸의 시집》에 실렸던 몇 편의 글에 새로운 글이 더해진 《싸울 때마다 투명해진다》가 출간되었다.(《올드걸의 시집》은 2020년 복간되었다.)

그녀의 밀도 높은 언어들은 때론 무겁고 빽빽한 느낌이 들다가도, 과감하고 솔직한 은유에 감탄이 터져 나온다. 육아와 돌봄 노동을 하는 주부로 살며 틈나는 대로 쓴 일상의 철학과 사유가 꽤 깊어 놀라게 된다. 내 솜씨로는 가질 수도, 표현할 수도 없었던 두

리뭉실한 감정들을 대신 표현해 줘 많은 기혼 여성 독자에게 간접 경험과 대리 만족을 준다.

엄마의 일상은 수시로 중단되는 삶이다. 한 가지에 오랫동안 몰입하기 어렵다. 계획은 세우는 게 사치일 정도로 매일같이 물거품이 된다. 도저히 같이 할 수 없는 일들을 동시에 생각하고 처리해야 한다. 그런 일상에서 사유란 얼마나 어려운가. 내 감정마저 알아차리지 못한 채 시간보다 늘 뒤에 있는 것처럼 허겁지겁 달려간다. 그러다 돌멩이에 걸려 넘어져야 비로소 마음속 피멍을 알아차린다. 내가 쫓아가던 삶은 무엇이었기에 이리도 힘이 드는 걸까.

은유 작가는 그 고통스러운 감정을 정확하게 묘사해 파고들며 고통을 직시하라고 한다. 그녀가 바라는 세상은 "고통이 없는 세상이 아니라 고통이 고통을 알아보는 세상"이다. 그처럼 '나만 고통스러운 게 아니었구나!'를 느끼며 나와 같은 고민과 울분을 가진 사람을 만났을 때, 우리는 어떤 말보다 더 큰 위로를 받는다. 많은 엄마가 이 책을 처음부터 끝까지 밑줄 긋지 않은 페이지가 없었다고 말하는 데는 다 이유가 있다.

오랫동안 함께 모임을 해 온 회원 한 분은 내가 던지는 질문이 '자신을 알게 해 주는 질문' 같다고 말했다. 엄마라는 분주한 삶에서 시간을 쪼개 책을 읽는 이유는 나를 알기 위해서일 테다. 나를 알아야 감정의 근원을 알 수 있으니 말이다.

존재의 의미를 찾는 일은 생명을 유지하는 것만큼이나 중요하다. 나를 잃어 가다 보면 존재의 위태로움도 느끼게 된다. 엄마가 된 후 우리는 머리에 안개가 낀 듯 답답한 느낌을 겪고 "나도 나를 잘 모르겠다."라는 말을 한다. 엄마가 되고 나서야 진짜 나를 알기 위해 몸부림친다. 자기 인식을 위해 명상하거나 읽고 쓰는 등 침묵한 채로 거울을 응시하는 시간이 필요하지만, 엄마에게 이런 시간은 사치의 영역으로 취급받는다. 은유 작가의 말처럼 "공부하는 건 수시로 이유를 추궁"받고, "무지한 질문에 답해야 하는 사람"으로 머물게 한다.

우리에게는 토론의 시간이 필요하다. 함께 이야기 나누며 자신이 무엇을 바라고, 무엇에 분노하고, 어디가 약한 사람인지를 탐구해야 한다. 자신에게 질문을 던져 보고, 쉽게 답할 수 없는 자신만의 답을 응시하며 걸어 나가 본다. 먼저 답변한 다른 사람의 말을 듣다 보면 그 안에서 나만의 답이 될 만한 언어를 찾기도 한다. 입 밖으로 자신의 과거, 현재, 미래에 관해 말하다 보면 어느새 누구와도 같지 않은 자신만의 고유한 모양을 발견한다.

은유 작가 강연에서 받은 사인에 적힌 한 문장, "내 삶은 나의 것". 이 단순한 명제를 증명하기 위해 우리는 매일 싸울 것이다. 싸울 때마다 나 자신도 투명해질 것이다. 자신만의 투명한 침잠의 세계를 만나기 위해 나는 오늘도 싸운다.

함께 나눌 질문들

1 《싸울 때마다 투명해진다》는 은유 작가가 서른다섯 살부터 마흔다섯 살까지 10년 동안 써 내려간 글을 모은 산문집입니다. 일, 연애, 결혼, 역할에 관한 여자의 말하기이자 기혼 여성, 엄마로 살아오면서 투쟁한 기록이라고 하는데요. 여러분은 이 책을 어떻게 읽었나요?

2 작가는 생이 고달플 때마다 시를 읽으며 사유하는 인간임을 느끼고, 자신을 연민하고, 생을 회의했다고 합니다. "생이 가하는 폭력과 혼란에 질서를 부여하는 시"(7쪽)를 통해 도피가 아니라 현실을 직시할 수 있었다고 하는데요. 책에 언급된 시 중에 여러분에게 가장 인상 깊었던 시는 무엇이었나요?

3 책에 따르면 "고통스러운 감정은 정확하게 묘사하는 순간 멈춘다고"(7쪽) 합니다. 자신이 "무엇에 분노하고 무엇에 취약하고 무엇을 욕망"하는지 인식하면 "애매한 감정에 짓눌리지

않"는다고도 말합니다.(10쪽) 그렇다면 여러분은 현재 무엇에 분노하고, 무엇에 취약하고, 무엇을 욕망하고 있나요?

분노하는 것 ____________________

취약한 것 ____________________

욕망하는 것 ____________________

4 저자에 따르면 김제동이 한 "남자들은 앞으로 살면서 무조건 여자 말을 듣는다 생각하면 중간은 가요.", "여자들이 불쌍한 남자 좀 잘 보살펴 줘요."와 같은 말은 "가부장제 언어를 내면화"(44쪽)한 면이 있다고 말합니다. 또한 나은 삶을 위해 공부하는 여성 자신들도 가부장제 언어를 내면화하며 산다고 하는데요. 여러분도 일상에서 가부장제 언어를 스스로 느낀 순간이 있었나요?

5 가부장제 질서에서 고독을 확보할 용기도 능력도 부족하다고 느꼈던 저자는 크리스마스이브 새벽에 혼자 술을 마시며 외로움에 관해 생각합니다. 저자는 "외로움이 자기 보존에 기여하

는 중차대한 감정"이며 "인간을 사색하게 만들고 관심을 타자에게로 향하게 해 겸손하게 만드는 동력"(223쪽)도 있지만, 그 "고독이 지나치면 자기 파괴를 일으키기도 한다."라고 말하는데요. 여러분은 언제 외로움을 느끼며, 그 외로움에서 무엇을 얻나요?

6 〈나는 오해가 될 것이다〉에서는 "변신 욕망"(118쪽)을 보여 준 이야기들이 나옵니다. 개명, 성형 수술, 학력 세탁, 서울대생 프리미엄 탈피 등 '생의 거품을 제거하는 방식' 또는 '생의 금칠을 덧입히는 방식'으로 나답게 살려고 몸부림치고 있다고 합니다. 저자는 이런 변신 욕망이 자기를 억압하는지, 해방하는지 물어봐야 한다고 말합니다. 여러분은 이런 변신 욕망이 어느 쪽에 더 가깝다고 생각하나요?

□ 자신을 억압한다.

□ 자신을 해방한다.

7 책에 따르면 니체의 "악행이라도 저질러라."라는 말은 "가만히 있으면 뭐 하느냐, 사람은 '나쁜 짓'이라도 해야 한다."라는 노

모의 말씀처럼 "행-하기, 의욕-하기"의 중요성을 말한다고 합니다. 은유 작가는 "속 좁은 생각을 하느니 차라리 악행을 저지르는 게 낫"고 "인간의 모든 행동은 삶의 유용성 전략에 따라 이뤄"지니 "악행과 선행은 동일한 뿌리에서 나온 것"(231쪽)이라고 말합니다. 여러분은 이 부분을 읽으며 어떤 생각이 떠올랐나요?

엄마는 페미니스트

치마만다 응고지 아디치에 지음, 황가한 옮김, 민음사, 2017

엄마이자 페미니스트로 살아간다는 것

몇 년 전부터 '페미니즘'이 사회의 큰 화두로 떠올랐다. 페미니즘이란 사회·정치적 평등 운동의 하나로써 여성의 권리를 신장하고 기회의 평등을 제공한다는 것이 핵심 메시지다. 서양에서는 19세기부터 시작되었지만, 우리나라에서는 1990년대부터 서서히 시작되어 2010년대에 들어 급속도로 확산됐다. 하지만 제대로 공부하지 않으면 한쪽으로 치우친 사상으로 오해하기 쉬운 어려운 개념이기도 하다.

이제는 페미니즘을 다루는 책이 다양해졌다. 그중 엄마와 페미니스트를 연결한 책은 흔치 않았는데, 《엄마는 페미니스트》는 내용이 쉽고 분량이 적어 페미니즘이 낯선 엄마에게도 접근성이 좋았다. 앞서 페미니즘 책을 쓴 저자는 자신의 딸을 어떻게 하면 페미니스트로 키울 수 있는지 묻는 친구에게 현실적인 조언을 담아 15통의 편지를 썼다.

"진정한 평등이 있는 곳에는 분노가 존재하지 않아."

엄마들은 가장 인상 깊었던 문장으로 이 글귀를 많이 언급했다. 여성이자 엄마로 살며 쌓인 분노의 원인을 정확하게 짚어 준 문장이기 때문이다. 평등은 모든 것을 똑같이 나눠 갖는 것이 아니다. 어떤 선택을 내릴 때 한쪽에서 분노한다면 그 원인을 들여다볼 줄 알아야 한다. 하지만 현실은 어떤가. 그 분노는 '감정적', '핑계', '과도한'이라는 단어와 결합하면서 왜곡된다.

평등과 분노는 개인적이고 주관적이다. 모방도 비교도 쉽다. 내 기준이라는 것은 사실 개인적인 환경과 경험, 미디어를 통해 익숙한 방향에 머물러 있거나 타인이 제시한 기준을 비판 없이 받아들였던 것이라는 점도 알게 된다. 따라서 다른 사람의 평등과 분노가 아니라, 내 분노가 어디쯤에서 멈추는지 알아야 한다. 페미니즘 스펙트럼에서 내가 어디쯤 위치하는지 인지하고 있다면 자신만의 여성주의 언어를 가지게 될 것이다.

이 책으로 토론하다 보니 엄마들이 생각하는 페미니즘 범주는 천차만별이었다. 누군가에게는 당연한 이야기가 다른 이에게는 선을 넘은 불편한 이야기가 되기도 했다. 그럼에도 대다수 엄마가 아이들이 자랐을 때는 과도기가 지나 많은 게 바뀌어 있기를 바라며 아이에게 성평등을 어떻게 알려 줘야 할지 고민했다.

서로 같은 지향점을 가졌다 해도 그곳까지 가는 방식은 다르다. 그런 점에서 이 책은 중간 지대에 놓여 있어 함께 토론했을 때 빛나는 책이었다. 또한 구체적인 방법이 제시된 이 책은 하나의 작은 지침서로도 기능했다.

작가가 말한 대로 열다섯 가지 방법은 한 개인이 생각한 제안일 뿐이다. 똑같은 방법으로 키운다고 해도 아이마다 다르게 자랄 수 있으며, 중요한 건 노력하고 있는 자신(엄마)이라고 말한다. 사실 이 방법을 따라 노력하다 보면 가장 먼저 변화되는 건 아이가 아니라 엄마 자신임을 발견하게 된다.

토론 마지막 소감에서 책 제목에 페미니스트를 넣지 않고 아이를 잘 키우는 방법으로 제시해도 괜찮을 것 같다는 의견이 나왔다. 페미니스트가 특별한 것이 아니라 보편적인 말이 되길 바란다는 의미였다. 작가가 제안한 '충만한 사람이 될 것', '독서를 가르칠 것', '흔히 쓰이는 표현에 의구심을 갖도록 가르칠 것', '사랑이 반드시 찾아올 테니 응원해 줄 것', '차이에 관해 가르칠 것'처럼 페미니즘이 교양 있는 시민이 되기 위한 하나의 지침이 되길 바란다.

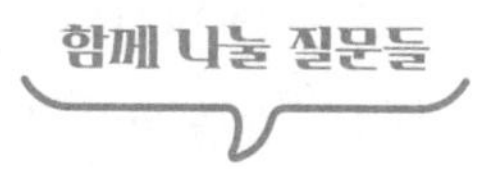

1. 작가가 제시한 '아이를 페미니스트로 키우는 열다섯 가지 방법' 중 가장 공감되는 것과 공감하기 어려웠던 것은 무엇이었나요?

2. 첫 번째 제안 '충만한 사람이 될 것'에서 저자는 엄마 자신만의 시간을 가지고 기본적인 욕구들을 채우라고 말합니다. 여러분은 어떤 시간을 보내며 자신을 '충만한 사람'으로 만들고 있나요?

3. 세 번째 제안 '성 역할은 완벽한 헛소리라고 가르칠 것'에는 헬리콥터를 갖고 싶어 하는 딸에게 인형이 있으니 "안 돼."라고 말하는 엄마가 나옵니다. 엄마 안에는 이미 성 역할이 자리 잡고 있는데요. 저자에 따르면 "아이들한테 성 역할이라는 구속복을 입히지 않는 것은 아이들의 잠재력을 최대한 펼칠 수 있는 공간을 주는 것과 같"(31쪽)다고 합니다.

❶ 여러분은 자신도 모르게 아이에게 성 역할을 강요한 적이 있나요? 다시 그와 같은 일이 생긴다면 아이에게 뭐라고 이야기해 주고 싶나요?

❷ 한국 사회에 오랫동안 자리 잡고 있는 성 역할은 무엇이라고 생각하나요?

4 아홉 번째 제안 '민족적 정체성을 가르칠 것'에서 작가는 자기 민족 문화를 '선택적'으로 가르쳐야 한다고 말합니다. 우리나라 문화 가운데 여러분이 아이에게 꼭 가르쳐 주고 싶은 것과 거부하라고 알려 주고 싶은 것은 무엇인가요?

5 저자는 친구에게 남녀 모두가 더욱 평등한 세상을 만들기 위한 노력에 관해 솔직하게 대화하는 것이 도덕적으로 시급한 문제라며 이 편지를 보냅니다. 다음의 기사문을 보면 우리나라 여성들은 가장 많은 성차별을 '가족 관계'에서 느낀다고 하는데요. 가정에서 일어나는 성차별을 막기 위해 어떤 노력이 필요하다고 생각하나요?

가족들에게 성차별을 느낄 때는 여자라는 이유로 집안일을 요구당할 때였다. 유치원 등에서 어린 시절부터 남자 색·여자 색을 구분해 배우는 등 일상적인 영역에서도 차별을 느낀다고도 답했다. 특히 이번 조사 결과 전 영역에 걸쳐 무시·반말·비하·외모 지적의 차별 양상이 드러났다. 이에 대해 민우회는 "특히 외모 지적은 학교, 가정, 일터, 대중교통 등 영역을 망라하고 가장 많이 보편적으로 등장한다."라고 해석했다.

[출처] 정은혜, 〈여성 93% "한국, 성 평등 국가 아니다"〉, 《중앙일보》, 2017. 9. 28.

가족 관계 속 성차별은 모든 성차별 사례 가운데 압도적인 1위를 차지했다. 주로 가사 노동 강요와 통금 규제, 빈번한 외모 평가가 이유였다. 응답자들은 "오빠 밥 차려 줘라.", "왜 여자애가 애교가 없니.", "너는 외모가 별로이니 공부라도 열심히 해."와 같은 일상 속 차별 발언에 시달렸다고 답했다. 일부 여성은 "남동생이 있으니까 누나들이 대접받는 거다."라는 얘기를 오래도록 기억하고 있었다.

[출처] 신다은, 〈"오빠 밥 차려줘라" 가족 간 성차별 가장 많아〉, 《서울경제》, 2017. 09. 28.

6 열세 번째 제안 '사랑이 반드시 찾아올 테니 응원해 줄 것'에서 작가는 아이의 연애사를 부모가 꼭 알고 있어야 한다고 말합니다. 그러기 위해선 서로 이야기할 때 사용할 언어로 섹스와 사랑에 관한 표현을 "아주 일찍"(93쪽) 아이에게 알려 줘야 한다고 말하는데요.

❶ 여러분은 이 부분에 공감하나요? 그렇다면 그 이유는 무엇인가요?

☐ 공감한다.

☐ 공감하기 어렵다.

❷ 자녀에게 사랑에 관한 표현을 알려 줄 적당한 때는 언제이고, 구체적으로 어떤 용어를 사용해 알려 줘야 한다고 생각하나요?

7 책에 나온 열다섯 가지 제안 외에 열여섯 번째 제안을 추가한다면 어떤 방법을 말해 주고 싶나요?

태도의 말들

엄지혜 지음, 유유, 2019

인생을 대하는 태도를 주고받은 보통 사람들의 인터뷰 시간

태도라는 말에는 "① 몸의 동작이나 몸을 가누는 모양새, ② 어떤 일이나 상황 따위를 대하는 마음가짐. 또는 그 마음가짐이 드러난 자세, ③ 어떤 일이나 상황 따위에 대해 취하는 입장"이라는 세 가지 사전적 의미가 있다. 세 가지 모두에는 무언가를 대하는 움직임이라는 의미가 담겨 있다.

우리는 살면서 수많은 사람을 만나고 모두에게 각자 다른 삶의 태도를 발견한다. 태도란 사람마다 경험에 따라 변화하기 때문이다. 특히 좋은 사람에게서는 좋은 태도가 풍겨 나온다. 그렇다면 유명한 100명의 삶을 인터뷰한 저자는 그동안 얼마나 다양하고 좋은 태도를 배우게 되었을까?

《태도의 말들》은 잡지사와 방송국에서 기자로 일했고, 지금은 온라인 서점 '예스24'에서 웹진 〈채널예스〉와 팟캐스트 〈책읽아웃〉을 만드는 저자가 그동안 진행한 100번의 인터뷰에서 인상적으로 남은 한 문장씩을 꼽아 삶의 태도에 관해 전하는 책이다.

나는 한 해의 마지막 달에 이 책으로 엄마 독서모임 다섯 그룹에서 토론을 진행했다. 총 30명의 회원과 이야기를 나누었으니 30여 명의 태도를 알게 된 셈이다. 우리의 태도는 책에 쓰인 유명인들 이야기 못지않게 인상 깊었다. 살면서 인터뷰어에게 "당신 인생에서 가장 중요한 삶의 태도는 무엇이라고 생각하나요?" 같은 질문을 들어 본 적은 없었지만, 내면에는 어렴풋이 이에 대한 답을 품고 살아왔기 때문이다.

마지막 소감 중 한 회원이 말했다. "이렇게 짧고 단순한 질문조차 나 자신에게 하지 않고 살아왔다는 사실이 스스로 좀 놀라웠어요." 삶에서 질문을 받는다는 것은 매우 중요하다. 좋은 질문은 그 자체로 유의미하며 사유는 질문에서 시작된다. 책은 답을 얻기 위해서가 아니라 좋은 질문을 얻기 위해 읽는다. 평소에는 늘 비슷한 질문에 비슷한 답을 하며 살다가 책 속에서 만난 질문 하나로 굳어진 생각의 표면이 갈라지는 순간을 맞이한다. 새로운 사유의 꽃을 피우기 위해서는 생각의 토양에 질문의 빗물이 내려야 한다. 저자가 인터뷰 중 던진 질문을 그대로 모임에서 활용하다 보면 평범한 우리도 답을 하기 위해 자기 삶의 태도에 관해 사유하기 시작한다.

"누구를 만나 어떤 질문을 던지고 싶은가?" 토론 마지막 질문에서는 다양한 답이 오갔다. 유명 연예인, 은사, 연락이 끊긴 친구부터 가족까지. 의외로 가장 가까운 사이인 가족에게 질문하고 싶다는 의견이 가장 많았다. 가족과는 공식적인 인터뷰 기회가 있어야만 진지하게 질의응답을 나눌 수 있을 것 같다는 이유였다. 이 책으로 토론하면서 우리는 질문하고 답하는 것이 소통의 시작이지만, 과정이 쉽지 않음을 깨달았다. 서로를 알아 가고 이해하는 과정에는 묻고 싶은 질문을 할 수 있는 용기, 스스로 진실하게 답하려는 용기가 필요하다. 아마도 가족과 인터뷰하고 싶은 이유도 그런 용기가 가족 앞에서는 더 어렵기 때문이 아닐까.

독서모임은 평범한 서로를 인터뷰하는 시간이다. 책에서 얻은 질문을 던지고 답하면서 서로를 알아 간다. 자신의 모양대로 쌓아온 가치관, 철학을 나눈다. 어느 신문이나 잡지에 실리지 않더라도 그 현답에서 여러 사람과 언어를 나눠 먹으며 영향을 끼친다. 서로에게 물들며 배워 나간다.

더불어 서로의 좋은 태도를 발견해 주는 시선도 필요하다. 태도는 타인과의 상호 관계를 맺는 과정에서 만들어진다. 말투와 작은 몸짓 하나만으로도 상대방의 태도에 영향을 준다. 상대방의 일부를 전체로 보지 않고 긍정적이고 편견 없는 시선을 먼저 취하는 태도를 보이려 노력한다면, 우리는 '보통 사람이 보통 사람에게 인터뷰'하는 이 시간에 쉽게 용기를 나눌 수 있다. 각자의 멋스럽고 겸손하고 진솔한 삶의 태도를 서로 배워 나가는 인터뷰가 일상의 대화 안에도 더욱 많아지길 바라본다.

함께 나눌 질문들

1 저자는 사소한 것이 더 중요하다고 말합니다. 구체적으로 말하고 표현하는 것이 중요하며, 진심이라는 말보다 '구체적인 태도'만이 존중을 표현하며 읽어 낼 수 있다고 합니다. 여러분은 진심을 전할 때 '구체적'으로 표현을 잘하는 편인가요?

□ 그렇다.

□ 그러지 못하는 편이다.

2 정신과 전문의 김병수는 "성격은 생존 본능과 연결되어 있다."라며 "한 사람의 성격은 그 사람의 생존에 가장 적합하게 구성되어 있다."(17쪽)라고 말합니다. 남편과 의사소통에서 종종 답답함을 느꼈던 저자에게 이 말은 서늘한 구원이었다고 하는데요. 현재 소통하기 힘든 상대를 떠올려 볼 때 성격이 생존 본능과 연결되어 있다는 말에 공감하나요?

□ 공감한다.

□ 공감하기 어렵다.

3 시인 김민정은 어떤 사람을 좋아하냐는 질문에 "인색하지 않은 사람을 좋아"(25쪽)한다고 답합니다. 그렇다면 여러분은 어떤 사람을 좋아하나요?

4 소설가 김훈은 인터뷰에서 "정말 즐거운 노동을 한다면 자유로부터 멀어지지는 않"(55쪽)을 것이라 했습니다. 여러분에게 '즐거운 노동'이란 무엇인가요?

5 시인이자 의사인 마종기는 의사로서 힘들 때마다 자신의 삶에 많은 영향을 주는 취미 활동에서 살아갈 힘을 얻었다고 말합니다. 또한 그는 취미 없이 외골수로 살아가면 인생에서 오는 고비들을 쉽게 이겨 내기 힘들다고 말하는데요. 여러분에게도 "내 삶에 깊이 영향을 미치는 취미"(114쪽)가 있나요? 아직 없다면 어떤 취미를 갖고 싶나요?

6 저자는 타인을 불편하게 하는 솔직함은 무례라고 말하며, 좋아하지 않는 작가를 인터뷰하더라도 티 내지 않고 인터뷰를

잘 마칩니다. 영화감독 이경미도 "마음 깊이 우러나오는 존중도 아름답지만, 때로는 정말 싫은 마음을 완벽하게 숨기기 위해 최선을 다하는 일도 아름다운 존중"(154쪽)이라 말합니다. 여러분도 싫은 마음을 숨긴 존중의 태도를 취한 순간이 있었나요?

7 여성학자 박혜란은 30~40대 젊은 엄마들이 애 키우는 일에 지나치게 목숨을 걸 때 "너무 비장해서 안쓰럽다."(149쪽)라고 말합니다. 그 말을 들은 저자는 "비장은 육아할 때 품어서는 안 될 단어"라고 생각하며 조금은 가볍고 즐겁게 육아를 해나가길 바라는데요. 여러분은 '육아'를 어떤 마음으로 하고 있다(있었다)고 생각하나요?

8 여러분에게 누군가를 인터뷰할 기회가 생긴다면 어떤 인물에게 무슨 질문을 던져 보고 싶은가요?

분노와 애정

도리스 레싱·에이드리언 리치 외 지음, 모이라 데이비 엮음, 김하현 옮김, 시대의창, 2018

분노와 애정이라는 양가성을 받아들이는 능력, 모성애

"책 읽고 글 쓸 시간에 애 밥이나 잘 챙겨."

엄마 독서모임을 꾸리고 매일 책 읽기가 즐거워질 즈음 누군가 나에게 한 말이다. 집에서 애를 봐야 할 사람이 청소나 밥은 안 하고 다른 일에 열심인 것이 못마땅했나 보다. 이런 시선은 삶을 탐구하는 엄마들의 읽기와 쓰는 행위를 '시간이 남아도는 고상한 취미'에 머물게 한다. 어떤 위치에 있든 자기 인식의 과정은 고귀하고 필요한 것 아닌가.

엄마들은 '엄마 됨의 신화'로 욕망과 권력, 모험과는 멀어진다. 세상은 그녀들에게 육아와 살림, 공부와 자아 탐구 등을 같은 저울에 두고 양자택일하라 한다. 아니면 둘 다 잘하는 슈퍼 맘이 되라고 하거나.

《분노와 애정》에는 여성 작가로서 엄마 됨을 고뇌한 열여섯 명의 언어가 담겨 있다. 이 책을 읽다 보면 어느덧 나만의 언어도 발견하게 된다. 회원들은 이렇게 말했다.

"공감되는 말이 정말 많았어요. 이렇게 정확한 언어로 표현된 걸 읽으니 제 생각도 더 뚜렷해지는 것 같아요. 지금 제 상황도 더 객관적으로 볼 수 있고요. 무엇보다 나만 이런 고통과 양가감정을 겪는 게 아니라는 안도감이 느껴져서 좋았어요."

아이를 향한 감정이 극과 극인 것은 자연스럽고 보편적이다. 그것을 인식하고 인정할 때 불확실한 감정에 휘둘리지 않는다. 회원들은 책을 읽으며 지금 상황을 비관하고 떠밀려 움직이기보다 주체적으로 결정하고 객관적으로 바라보기 시작했다.

에이드리언 리치는 아이를 향한 감정에 관해 "아이들은 내게 한 번도 경험해 보지 못한 격렬한 고통을 안겨 준다. 양가감정이라는 고통이다. 나는 쓰라린 분노와 날카롭게 곤두선 신경, 더없는 행복에 대한 감사와 애정 사이를 죽을 듯이 오간다."라고 표현했다. 더 나아가 "가끔 불임 여성이 부럽고 이런 자신이 괴물 같다."라고 말하기도 한다. 그녀가 이렇게 자신의 마음을 솔직하게 글로 써 주어 우리는 공감하고 안도한다. 엄마의 언어가 더 많이 쏟아져 나와야 하는 이유다. 그 양가성을 더욱 잘 받아들일 수 있게 됨으로써 모순 안에서 일관성을 찾아 나갈 수 있다. "양가성을 받아들이는 능력, 그것이 바로 모성애가 아닐까."

이 책의 작가들에게 참으로 고맙다. 자신의 감정을 검열하지 않고 솔직하고 용기 있게 써 준 덕분에 얼마나 위로받았던가. 읽고 쓰는 행위가 절대 주가 될 수 없었던 엄마의 일상에서 사유를 멈추지 않고, 더 견고하게 하루를 살려고 노력하는 모습에서 나를 성찰하고 다시 꿈을 꿀 수 있었다.

여전히 우리에게는 언어가 부족하다. 자신의 감정과 상황을 설명하기 위해서는 더 구체적이고 명확한 자신만의 해석이 필요하다. '언어의 가뭄화'는 지금 상태를 정확하게 바라보지 못하게 한다. 우리도 멈추지 말고 계속해서 나의 언어를 자주 표현해야 한다. '나만 그런가?' 싶은 유일성을 깨기 위해서!

함께 나눌 질문들

1 이 책의 표제작이기도 한 〈분노와 애정〉은 엄마가 된 후 느끼는 '양가감정'을 이야기합니다. 작가 에이드리언 리치는 이 '모순'적인 감정을 "나는 쓰라린 분노와 날카롭게 곤두선 신경, 더없는 행복에 대한 감사와 애정 사이를 죽을 듯이 오간다."(134쪽)라고 표현합니다. 여러분은 자녀에게 느끼는 이런 양가감정에 관한 생각을 어떻게 보았나요?

2 작가 에이드리언 리치는 "나의 엄마 됨의 경험에 있었던 모순을 이해하게" 되었고 자신의 경험이 유일하지 않다는 것을 알게 되었다고 합니다. 고통 앞에서 '나만 이런가?' 싶은 유일성을 넘어 '모두가 그렇다'는 보편성을 획득할 때 삶을 희망할 수 있다는데요. 그렇다면 여러분은 '엄마 됨의 경험에 있었던 모순'을 언제 가장 크게 느꼈나요?

3 작가 에이드리언 리치는 일기에 "더 견고한 삶의 규율이 필요

하다."라며 몇 가지 다짐과 규칙을 적었습니다.

❶ 다음 목록 중 가장 인상 깊은 것은 무엇인가요?

1965년 8월, 오전 3시 30분.
더 견고한 삶의 규율이 필요하다.

- 눈먼 분노의 무용함을 깨달을 것
- 사교를 제한할 것
- 일과 고독을 위해 아이들이 학교에 가 있는 시간을 더 잘 활용할 것
- 내 삶의 방식에 집중할 것
- 낭비를 줄일 것
- 더더욱 열심히 시에 매달릴 것 (149쪽)

❷ 여러분도 에이드리언 리치처럼 견고한 삶을 위한 다짐과 규칙을 만든다면 어떤 것들을 쓰고 싶은가요?

4 작가 수전 그리핀은 반복적으로 "아이를 낳고 무엇을 배웠나요?"라고 묻습니다. 그녀는 답변으로 "취약함"(76쪽)과 "자신의 생각을 잘 전달하지 못함"을 깨달았다고 말합니다. 그녀는 "내 생각을 제대로 전달하지 못했다. 사람들이 나를 멍청하다고 생각하리라 믿었다. 멍했고, 바보가 된 것 같았다."라고 말하며 "무언가 심오한 것"(78쪽)을 말하고 싶었다고 합니다. 여러분은 "아이를 낳고 무엇을 배웠나요?"라는 질문에 어떻게 답하고 싶은가요?

5 책에서는 1975년 복잡성의 측면에서 일의 난이도를 측정한 정부 연구(277쪽)를 소개합니다. 그 당시 업무의 복잡성이 낮게 평가된 일은 여성들이 주로 담당하는 탁아소 교사, 보육원 교사, 간호조무사, 조산사, 위탁모 등이었습니다. 심지어 엄마의 일은 "아무나 엄마 노릇을 할 수 있을 것"으로 평가했다고 하는데요. 여러분은 이 결과를 어떻게 보았나요?

6 작가 수전 그리핀에 따르면 "아이를 돌보는 능력은 타고나는 것이 아니라 배우는 것"인데도 남자들에게는 돌봄을 가르치

지 않는다고 합니다. 그로 인해 육아 문제가 발생하면 사회는 "구조가 아니라 개인을 비난"(83쪽)하게 되었습니다. 결국 우리는 실패를 개별적인 삶에서 찾을 뿐 사회 구조에 대한 의문은 제기하지 않는다고 하는데요.

❶ 그렇다면 여러분은 현재 한국 사회가 돌봄과 육아를 어떻게 대하고 있다고 생각하나요?

❷ 육아 돌봄 노동에 대한 사회적 지원은 과거에 비해 확대되었습니다. 하지만 아직도 많은 엄마가 돌봄 노동과 가사 노동을 홀로 감당하며 가치를 폄하당할 때가 있는데요. 한국 사회 구조 안에서 더 변화되고 개선되어야 할 점이 무엇이라고 생각하나요?

배움의 발견

타라 웨스트오버 지음, 김희정 옮김, 열린책들, 2020

스스로를 구원하는 배움의 길

이 책은 세상에서 가장 설명하기 힘든 가족이라는 집단에 대한 집요한 이해의 서사이자 작가 자신의 역사서다. 1986년생인 타라 웨스트오버는 종말론을 믿는 부모 때문에 학교와 병원을 가지 못한 채 16년을 살았다. 그러다 우여곡절 끝에 17세에 대학에 합격한 뒤, 공부를 놓지 않고 케임브리지 대학에서 역사학으로 박사 학위를 받는다.

이 책은 저자의 성공담보다는 '신념의 폭력성'에 저항하는 집념에 방점이 찍힌 이야기다. 부모의 맹목적 신념이 아이에게 폭력을 가하고 불행을 겪게 한다는 사실이 너무나 가슴 아프게 다가온다. 독서모임 회원들과 토론을 하면서 저자의 부모처럼 '내가 옳다고 믿는 것'을 아이에게 강요하고 있는 것은 아닌지 돌아보게 되었다는 이야기가 많았다.

> 그날 밤 나는 그 소녀를 불렀지만 그녀는 대답하지 않았다. 나를 떠난 것이다. …… 그 이후에 내가 내린 결정들은 그 소녀는 내리지 않을 결정들이었다. 그것들은 변화한 사람, 새로운 자아가 내린 결정들이었다. (506쪽)

타라는 교육을 받으며 자신만의 목소리와 세계를 찾았다. 부모의 세계에서 움츠려 살다가 자신의 세계로 이동하면서 '나는 누구인가'를 끊임없이 물은 것이다. 현 세계의 자아는 전 세계(소녀)의 목소리를 듣지 않고 현재의 나에게 집중한다. 그래서인지 《데미안》이 생각났다는 의견도 있었다.

책 표지에 그려진 연필은 마치 타라가 벅스피크 산봉우리 인디언 프린세스 위에 서 있는 것 같다. 자연의 법칙처럼 영원할 것 같았던 가족이 흩어지고, 부모를 배신했다는 죄책감으로 괴로워하던 타라는 처음에는 산봉우리 프린세스가 분노의 얼굴로 자신을 바라보고 있다고 생각했다. 하지만 집으로 돌아가는 길에 본 프린세스는 지금까지 바라본 모습 중에서 가장 빛나고 있었다며 자신이 프린세스를 오해했다고 말한다.

> 그녀의 역할은 버펄로를 울타리 안에 가두고, 힘으로 녀석들을 한데 모아 제약을 가하는 것이 아니었다. 버펄로가 돌아왔을 때 환영하고 축하해 주는 일이 바로 그녀의 역할이었다. (495쪽)

나는 그녀가 자신의 가족을 고발하기 위해서가 아니라 사랑하고 이해하기 위해서 글을 썼다고 생각한다. 어떤 대상을 끈질기게 파고들며 이해하려는 몸부림은 깊은 애정에서 나오는 에너지다. 유년 시절, 자신에게 큰 영향을 준 가족에 대한 애증에는 분명 사랑도 포함되어 있다. 그녀는 이제 자유롭기에 프린세스를 달리 보게 된다. 타라는 자포자기하지 않고 능동적이고 주체적으로 자신의 삶과 타인을 받아들이는 법을 배웠다. 이런 타라를 보며 공부, 배움에 관해 다시 생각해 본다. 배움의 길을 간다는 것은 자신을 스스로 구원할 수 있는 길로 가는 것이다.

함께 나눌 질문들

1 《배움의 발견》은 모르몬교를 믿는 부모 밑에서 자란 열여섯 살 소녀가 처음으로 학교에 들어가 배움을 발견하고 자유를 찾은 이야기입니다. 빌 게이츠, 버락 오바마 전 대통령이 추천한 책이기도 한데요. 여러분은 이 책을 어떻게 읽었나요?

2 저자 타라는 이 책을 타일러 오빠에게 바친다고 합니다. 그만큼 그의 존재는 타라에게 아주 중요했는데요. 타일러는 타라에게 집은 최악이니 대학을 가라고 권유합니다. 대학에 가지 못할 것 같다고 말하는 타라에게 "집 바깥의 세상은 넓어, 타라. 아버지가 자기 눈으로 보는 세상을 네 귀에 대고 속삭이는 것을 더 이상 듣지 않기 시작하면 세상이 완전히 달라 보일 거야."(196쪽)라고 말해 줍니다. 타라에게 정서적 지지를 해 주었던 타일러라는 인물을 어떻게 보았나요?

3 타라는 숀 오빠에게 들었던 여러 부정적 단어들과 그녀 가족

만의 질서(여자다움, 어머니의 역할, 종말론) 속에서 "자신의 갈망이 부자연스럽다는 것"(403쪽)을 알게 됩니다. 그녀는 자신이 알고 있던 세계를 깨고 새로운 세계를 받아들이면서 힘겨운 과정을 겪습니다. 그녀 주위에 있는 여러 사람의 목소리가 자신의 꿈은 왜곡된 것이라고 말하지만, 정작 그녀 "자신의 목소리였던 경우가 더 많았다."(403쪽)라고 고백하는데요. 타라의 이 고백은 어떤 의미였을까요?

4 타라의 엄마는 늘 남편의 입장에 동조합니다. 타라의 졸업식에도 남편이 가지 않으면 자신도 가지 않겠다 말하고, 타라가 집 밖에서 만나자고 해도 남편이 원치 않는 곳에 자신만 갈 수 없다며 만남을 거부합니다. 타라가 숀 오빠의 문제로 엄마에게 편지를 보내자 엄마는 처음으로 "내가 너를 보호했어야 했는데."(422쪽)라고 말하며 과오를 인정합니다. 여러분은 이런 타라 엄마의 행동을 어떻게 보았나요?

5 타라는 학교에 들어가고 나서야 가족 이외의 관계에서 많은 지지와 이해를 받고 앞으로 나아갈 수 있었습니다.

❶ 그녀가 자신의 연약함과 두려움을 이길 수 있게 도와주었던 여러 인물 중 가장 인상 깊었던 사람은 누구인가요?

- 로빈: 브리검 영 대학교 친구. 타라가 적응할 수 있도록 도와주고 비숍에게 타라의 어려움을 대신 전해 줌
- 교회 비숍: 타라와 상담 후 아버지 밑에서 절대 일하지 말라고 충고했으며 타라의 치아를 치료하기 위한 수표를 써 주었으며 학비 보조금을 받을 수 있게 도와줌
- 드루 미첨: 타라의 연인. 타라의 가족 이야기를 모두 알며 타라 옆을 지켜 줌
- 케리 박사: 브리검 영 대학교 역사 교수. 타라에게 케임브리지 교환 학생 프로그램을 알려 줌
- 조너선 스타인버그 교수: 케임브리지 대학 교수. 타라의 에세이를 보고 타라를 순금이라며 칭찬했고 대학원 장학금을 위한 추천서를 써 줌
- 닉: 타라와 같은 프로그램을 공부하고 있는 이탈리아 학생. 봄 방학 때 타라를 로마로 초대함
- 그 외 인물

❷ 여러분에게도 가족이 아닌 타인으로부터 중요한 시점에 환대와 지원을 받은 기억이 있나요?

6 타라의 박사 논문 〈영미 협동조합 사상에 나타난 가족, 도덕성, 사회과학: 1813~1890년〉은 19세기 모르몬주의와 같은 영적 운동을 역사학적으로 연구한 논문입니다. 그녀는 자신의 논문이 “친모르몬주의나 반모르몬주의도 아니”며, “다른 형태의 역사를 정립”(491쪽)했다고 합니다. 그녀는 역사를 쓰는 것은 역사학자가 아니라 “바로 나”(492쪽)라고 말하는데요. 타라에게 이 논문은 어떤 의미가 있다고 생각하나요?

7 마지막 챕터에 저자는 대학 가기 전 열여섯 살 소녀의 모습이 자신에게서 떠났다고 말합니다. 그녀에게는 드디어 변화한 자신, 새로운 자아가 생겼습니다. 타라는 변화된 새로운 자아를 변신, 탈바꿈, 허위, 배신, 교육 중 “교육”(507쪽)이라 부르겠다고 합니다. 여러분은 지금까지 살아오면서 배움으로 변화된 자아에 나만의 이름을 붙인다면 무엇이라 부르고 싶은가요?

나는 가해자의 엄마입니다

수 클리볼드 지음, 홍한별 옮김, 반비, 2016

불편한 이야기에 귀 기울이면 들리는 고마운 마음

누군가 내 아들이 어떤 사람인지 이야기해 보라고 하면 나는 무슨 말을 할 수 있을까? 아이를 키우며 본 기특하고 귀여웠던, 혹은 어이없었던 행동 몇 가지는 예능 프로그램에 나온 것처럼 이야기할 수 있다. 하지만 아들이 무엇을 좋아하는지, 요즘 어떤 감정을 느끼는지는 애매하고 두루뭉술하게 대답할 것이다. 아이와 종일 함께 지내도 아이를 잘 안다고 말하기는 어렵다. 나의 엄마가 나를 잘 알지 못했던 것처럼.

1999년 4월 20일 미국 콜로라도주 리틀턴시 컬럼바인 고등학교에서 충격적인 총기 난사 사건이 발생했다. 수는 이 사건에 가담한 가해자 중 한 명인 딜런의 엄마다. 사건이 일어난 날로부터 16

년 동안 수는 자신이 알지 못했던 아들과 상황을 이해하려고 애쓰며 이 책을 써 내려갔다. 대부분의 사람이 이 사건을 잊어 가는 동안 수는 오히려 글을 쓰며 그날의 처참함과 죽은 이들을 수도 없이 떠올렸다. 기억은 더욱더 선명해져 갔다. 피해자를 향한 미안함은 날로 짙어지고, 형언할 수 없는 감정이 글을 쓰면 쓸수록 내면 깊은 곳에서부터 뒤엉켰을 것이다.

그래서 이 책은 불편하다. 책을 읽고 우리 역시 복잡한 감정을 경험해야 했다. 어떤 분은 저자가 처음부터 끝까지 아이를 몰랐다는 말을 하는 게 뻔뻔하게 느껴졌다는 감상을 전했다. 또 다른 회원은 이 책을 읽는 것만으로도 가해자의 엄마가 될 것 같은 불안과 공포가 느껴진다고 했다. 큰 말썽을 피우지 않고 평범하게 자라고 있다고 믿었던 자녀가 끔찍한 범죄자가 될 수 있다는 사실은 우리에게 잠재적인 두려움을 준다.

하지만 이 책은 고마운 책이다. 내 아이라 할지라도 '내가 아이에 대해 가장 잘 알고 있다'는 절대적 확신과 맹목은 아이와 부모에게 도움이 되지 않는다. 오히려 두려움을 안고 아이를 더욱 신중하게 지켜봐야 하는 것이 부모의 책임이다. 회원 한 분은 그 맥락에서 수에게 감사를 전했다. 잊고 싶은 기억을 매일 상기하고 비난을 감내하며 책을 써내 가해자 부모에 관한 편견을 깨 주었다고 말이다.

책을 다 읽어 갈 즈음에는 여러 의문이 떠오른다. 엄마 수가 아들 딜런의 상태를 미리 알았다면 과연 사건이 일어나지 않았을까? 이런 가정을 할 때는 왜 엄마만 거론되는 걸까? 미국은 왜 총기 소지 법률을 바꾸지 못할까? 왜 청소년 범죄는 계속 잔인해지는 걸까? 이 모든 의문을 하나하나 생각하다 보면 끔찍한 결과의 원인을 개인과 가족에게만 돌려서는 근본적인 해결책에 다다르지 못하고 반복된 상처를 입을 수밖에 없다는 결론에 이르게 된다.

가해자의 엄마도 엄마다. 그들에게도 위로가 필요하다. "역사상 최악의 엄마로 조리돌림을 당하고"(176쪽) 있을 때 그녀 곁에 남아 준 많은 사람이 있었다. 직장으로 다시 돌아온 그녀를 "살짝 안아 주고"(198쪽) 간 사람도 있었다. 계속된 언론의 무자비한 비난에도 3,600통 이상의 위로 편지를 보낸 사람들에게서 희망을 본다. 나 역시 그녀를 안아 주는 한 사람이고 싶다. 적어도 "어떻게 모를 수 있어요?"라고 비난하는 사람이 되고 싶지는 않다.

어린 청소년들의 끔찍한 범죄 뉴스를 볼 때마다 고통받았을 피해자와 그 부모를 생각하면 참을 수 없는 분노와 슬픔이 생긴다. 그러다 문득 가해자 엄마의 마음을 떠올린다. 이 책을 옮긴 홍한별 번역가의 말처럼 "불편하고 듣기 싫은 이야기일 수도 있지만, 불행과 고통에 대한 공감을 넓힐수록 아이들의 삶은 안전해질 것이다."

함께 나눌 질문들

1 《나는 가해자의 엄마입니다》는 미국 컬럼바인 고등학교 총기 난사 사건의 가해자 딜런의 엄마인 수 클리볼드가 사건 이후 슬픔과 고난에 잠겨 16년을 보내며 쓴 책입니다. 책에는 "상황에 따라 읽기 불편할 수도 있지만 중요한 책이다."〈엔터테인먼트 위클리〉, "이 책의 통찰은 너무나 고통스럽지만 너무나 필요한 것이다."〈워싱턴포스트〉라는 추천의 말이 함께 실려 있습니다. 여러분은 이 책의 제목을 보고 어떤 생각이 들었나요?

2 이 책에 담긴 궁극적인 메시지는 "부모라도 내 자식을 모를 수 있다는 것"(10쪽)입니다. 사건이 일어나기 불과 10주 전에 상담사는 딜런에게 상담을 종료해도 아무 문제가 없다고 말했으며 엄마도 눈치채지 못할 만큼 아이는 안정적이었다고 합니다. 아이가 장난감을 만졌는지 안 만졌는지 답하는 영상을 보고 거짓말을 가려내는 실험(349쪽)을 한 레인 박사는 "부모는 자기 아이를 잘 안다고 생각하지만 전혀 모르기 십상이다."(350쪽)라고 말합니다. 여러분은 자신의 아이를 어느 정도

알고 있다고 생각하나요?

> 한 편지는 검은 마커로 쓴 굵은 글씨로 이렇게 외쳤다.
>
> **"어떻게 모를 수 있어요???"**
>
> 나도 스스로에게 밤낮으로 던진 질문이었다. 내가 완벽한 부모라고는 한 번도 생각해 본 적이 없었다. 그렇지만 나는 …… 무언가가 아주 잘못되었다면 당연히 직감할 수 있을 것이라고 생각했다. 딜런의 생각과 감정을 모두 안다고 말하지는 않겠지만, 딜런이 어떤 일을 할 수 있는지에 대해서는 정확히 안다고 자신 있게 말할 수 있었을 것이다. 그런데 잘못된 생각이었다. (173쪽)

□ (다른 어떤 사람보다는) 잘 알고 있다고 생각한다.

□ 사실 잘 모르겠다.

3 저자는 범죄 사건에 관한 "지나치게 구체적인 언론 보도는 모방 행동을 일으키고"(82쪽) 영웅 심리를 조장하므로 무책임하다고 말합니다. 특히 "문제를 겪는 다른 아이가 그 동영상을 모델이나 청사진으로 삼아 총기 사건을 일으키지 않을까."(231

쪽) 하는 큰 두려움이 있다고 말하는데요. 여러분은 이렇게 범죄 사건을 지속적으로 자세히(범죄 영상/범인의 가족 등 개인사) 보도하는 방식을 어떻게 보나요?

4 저자 수는 사건 이후 전 세계 사람들에게서 다양한 편지를 받습니다. 자신과 같은 가해자 엄마, 딜런과 같은 우울증과 방황의 시기를 지나온 사람까지 불행에 공감하고 위로하는 글을 받으며 "사람들의 공감력과 너그러움"(174쪽)에 놀랐다고 합니다. 또한 다시 돌아간 직장에서 동료들도 환영과 위로, 배려로 그녀의 고통에 공감하고 용기를 주려고 하는데요. 여러분은 사람들의 이런 행동을 어떻게 보았나요?

5 사건이 일어난 지 얼마 되지 않았을 때 수의 직장 상사는 수에게 회사로 복귀하기를 권합니다. 아직 준비가 안 됐다고 느낀 수가 재택근무를 하도록 배려해 주고, 다시 회사로 돌아왔을 때도 많은 도움을 주었습니다. 수는 "직장으로 돌아간 일이 여러 면에서 나의 회복을 위한 필수적인 기반이 되어 주었다."(200쪽)라고 말하는데요. 여러분이 만약 수였다면 어떤 선

택을 할 것 같나요?

☐ 복직한다.

☐ 복직하기 어려울 것 같다.

6 책 마지막쯤 저자는 자신의 "뇌 건강을 건사하는 방법"(442쪽)을 아들에게 가르치지 못한 것을 가장 후회한다고 말합니다. 그녀는 뇌 건강 문제는 누구나 겪을 수 있는 일임에도 아이들에게 치아 관리, 용돈 관리처럼 그 중요성을 가르치고 있지 않다고 말하는데요. 여러분은 '뇌 건강을 건사하는 방법'으로 무엇이 떠오르나요?

에세이를 읽고 나눈 후에

타인의 삶, 들여다봄의 위안과 기쁨

산문이나 에세이는 자신의 삶을 진실하게 고백한 공개 일기장이다. 교훈과 지식을 바라거나 비판적으로 날을 세우지 않고 그 모양 그대로 친구에게 건네받은 일기장처럼 읽는다. 우리가 에세이를 읽는 것은 "나만 이렇게 힘든가?"라는 외로운 고통을 "너만 그런 것이 아니다."라는 위로로 치환해 주기 때문이 아닐까. 그래서 지금보다 더 다양한 에세이가 출간돼 베스트셀러 이외에도 발견되는 글이 많아지길 바란다. 한 사람의 이야기와 생각이 널리 공유되어 누구의 삶도 외면당하지 않고 더 많은 이에게 공감받길 바란다.

에세이에는 낯선 타인에게 의도치 않게 받는 위안이 특히 많았다. 글쓴이의 의도와는 다르게 슬며시 웃음 지을 때도 있었고, 담담한 고백에 공감하며 위로받기도 했다. 글쓴이도 어쩌면 글을 쓰면서 스스로 마음의 평화를 찾게 되지 않았을까.
모임 참가자 구성에 따라 에세이는 호불호가 크게 작용하므로 책을 선정하기가 가장 까다롭다. 그럼에도 오랜 고민 끝에 고른 책들을 서로 나누다 보면 여성이자 엄마로서 많은 위로와 공감을 주고받을 수 있었다.

에세이를 읽을 때는 작가가 바라보는 삶의 태도를 함께 나누려고 노력한다. 한 사람의 관점을 여러 사람과 공유하다 보면 시야가 확장되며 사고가 다양해진다. 저자의 생각에 공감하는지 아닌지를 이야기하면서 한 사람을 향한 이해의 폭이 넓어지는 것뿐 아니라 모든 사람을 향한 보편적인 궁금증도 점점 커진다(나이가 들면서 사람을 향한 관심과 사랑이 줄어든다는 걸 깨달을 때 문득 서글퍼진다). 내가 미처 보지 못한 타인의 매력이나 좋은 점을 다른 사람이 발견해 줄 때도 있다. 그럴 때면 지금까지,

내가 타인을 얼마나 단조롭고 편견에 갇힌 눈으로 봤는지 알게 된다.

내 앞에 앉은 타인을 어떻게 볼지는 오롯이 내 관점으로 결정된다. 사람을 보는 관점이 다양할수록 상대방과도 당연히 깊은 관계를 맺게 된다. 개인이 지닌 다양한 면을 발견하고 읽어 낼 줄 안다면 그만큼 포용력이 넓어지기 때문이다. 독서모임을 진행하면서도 이 점을 늘 기억하려 한다. 문해력보다 인해력(人解力)이 먼저다.

우리가 만나는 인간은 한정적일 수밖에 없다. 그들의 이야기를 며칠 동안 밤새 듣기도 어렵고 내밀한 생각과 가치관을 알기도 쉽지 않다. 에세이를 한 권 읽어 낼 때마다 내가 있는 자리에서는 결코 만날 수 없는 새로운 사람을 알게 됐다는 기쁨을 발견한다. 역시 세상에는 다양한 사람이 있다는 안도감, 나 또한 그냥 나로서 살아도 괜찮다는 위로, 그게 바로 에세이를 읽는 기쁨이다.

3장

소설

낯선 이에게 귀를 기울이면
들리는 말들

시선으로부터,

바깥은 여름

고슴도치의 우아함

스토너

시선으로부터,

정세랑 지음, 문학동네, 2020

나로부터 시작될 이야기와 시선

> 심시선: 독일 유학파 미술 전공자. 두 번의 결혼과 이별. 다수의 강연과 저술, 평론가로 활동. 생일 다음 날 사망. 안전한 섹스를 할 수 있는 상대가 없다면 결혼하지 말고, 자신이 죽으면 절대 제사를 지내지 말라고 말하는 할머니. '추악한 시대를 살면서도 매일 아름다움을 발견해 내던' 모던 걸.

《시선으로부터,》의 주인공 심시선은 한국 전쟁을 겪고 사진 신부로 위장해 하와이 농장에서 일하다가 우연히 알게 된 유명 화가의 제안으로 독일로 유학 가 미술을 공부하고 돌아온 인물이다. 심시선 가계도에는 자녀, 자녀의 배우자, 손주를 모두 합해 총 열

세 명이 있다.

이 이야기는 심시선이 죽은 지 10년이 되는 해, 자녀들이 모두 모여 하와이에 가면서 시작된다. 그들은 제사상에 올릴 물건들을 가져와 공유하는 한편, 하와이의 멋진 기억들도 함께 수집한다. 그리고 그 물건들을 함께 보며 심시선에 관한 기억을 풀어낸다. 이 모든 과정에 소외당한 사람도, 억울한 사람도 없었다.

누군가를 그리워하기 위한 만남에 정작 그리움은 빠져 있을 때가 있다. 그리움에는 그리워할 '이야기들'이 있다. 죽은 자가 남길 수 있는 것은 이야기뿐이다. 하와이에 가서 멋진 제사상을 차려도 막상 심시선에 관해 나눌 이야기가 없었다면 어땠을까? 심시선이 남긴 이야기 덕분에 그녀의 제사는 특별해진다.

독서모임에서는 나의 자녀 또는 친구가 자신을 추모하기 위해 가지고 왔으면 하고 바라는 물건에 관해 이야기를 나눴다. 선뜻 대답을 못 하는 사람이 많았다. 나조차 사람들이 나를 어떻게 기억해 주길 바라는지 한 번도 생각해 보지 못했다는 점을 새삼 깨닫는다. 부모님에게도 질문해 본 적이 없다. 그럼 내가 자녀들에게 전해 줄 만한 이야기는 있을까?

정세랑 작가 특유의 유쾌함으로 풀어낸 이야기들 덕분에 한껏 웃고 난 뒤에도 긴 여운이 남는다. 주인공 심시선으로부터 생긴 새로운 조각들이 그녀의 혈육들에게 흘러 들어간다. 독립적이지만 사랑에 주저하지 않고, 늘 당당하게 할 말은 하고 마는 심시선. 그녀는 자유롭지 못한 곳에서조차 끝까지 자유를 꿈꿨던 삶의 방식을 21세기를 살아가는 여성들에게 남겨 주었다. 심시선 또한 자신의 선택과 용기를 펼쳐 보이기까지 도움을 주었던 작은 이야기 조각들이 있었을 것이다. 오랜 관습과 편견의 돌덩이 위에 물 한 방울을 떨어뜨린 사람들의 이야기 말이다.

더디지만 조금씩 진보하는 사회를 만들어 낸 여성 선배들의 삶에 빚을 진 지금의 우리는 다음 세대 여성 후배들에게 무엇을 남겨 줄 수 있을까. 당연한 것이 당연하게 되기까지 축적된 과정을 기억해야 한다. 그 과정에 포함된 많은 이야기를 직간접적으로라도 알아야 우리도 그녀들처럼 걸어갈 수 있다. 이 책을 읽고 심시선처럼 새로운 시선의 조각을 만들 사람으로 자신이 떠올랐다면 그것만으로도 이 책을 읽을 가치는 충분하다.

함께 나눌 질문들

1 《시선으로부터,》는 심시선과 그녀의 조각을 물려받은 자녀들의 이야기로, 심시선이 죽은 지 10년이 되는 해에 하와이로 떠난 자녀들이 심시선을 위한 새로운 방식의 추모를 하는 이야기입니다. 책에는 가계도가 필요할 만큼 많은 등장인물이 나오는데요. 심시선을 제외하고 가장 기억에 남는 인물은 누구였나요?

2 심시선은 미술과 글쓰기를 통해 삶을 예술로 발산하며 자신의 이야기를 남긴 예술인이며, 전통적인 어머니상을 벗어난 삶을 살아 낸 엄마이고, 시대의 관습에 굴복하지 않은 자유인이기도 합니다. 손녀 우윤은 할머니 심시선을 "모던 걸, 우리의 모던 걸"(67쪽)이라고 말하기도 했는데요.

❶ 여러분은 '심시선'이라는 인물을 어떻게 보았나요?

❷ 책의 챕터마다 심시선의 생을 보여 주는 인터뷰, 기사, 강연, 책의 한 부분이 실려 있습니다. 그것을 통해 그녀만의

삶을 향한 태도와 생각의 조각을 엿볼 수 있는데요. 가장 인상 깊었던 내용은 무엇이었나요?

3 책에는 두 가지 자살이 등장합니다. 손녀인 화수는 경영 지원부에서 일하다가 협력 업체 사장(기민철)이 던진 염산 병이 터지면서 얼굴을 다치고 유산하게 되는데, 가해자인 기민철은 결국 자살하고 말았습니다. 화수는 그의 자살에 대해 "죗값을 치르지 않고 도망쳤다."(110쪽)라고 생각합니다. 심시선 역시 마티아스의 자살로 오해와 증오를 받아 내야 했습니다. 심시선은 사실 그의 자살은 그녀의 "행복, 예술, 사랑을 죽이고 싶어 한 집요한 의지의 실행"이었다고 말합니다. 그래서 마티아스의 자살을 "아주 최종적인 형태의 가해"(178쪽)였다고 말합니다. 여러분은 이 두 자살(죽음)을 어떻게 보았나요?

4 제사를 절대 지내지 말라는 심시선의 유언에 따라 가족들은 색다른 십 주기 제사를 지내기로 합니다. 그들은 심시선이 젊은 시절 살았던 하와이에 가서 지내며 가장 인상 깊었던 물건들을 제사상에 올려 심시선을 추모하는데요.

❶ 여러분은 어떤 물건이 가장 인상 깊었나요?

“기일 저녁 여덟 시에 제사를 지낼 겁니다. 십 주기니까 딱 한 번만 지낼 건데, 고리타분하게 제사상을 차리거나 하진 않을 거고요. 각자 그때까지 하와이를 여행하며 기뻤던 순간, 이걸 보기 위해 살아 있었구나 싶게 인상 깊었던 순간을 수집해 오기로 하는 거예요. 그 순간을 상징하는 물건도 좋고, 물건이 아니라 경험 그 자체를 공유해도 좋고.” (83쪽)

이명혜(훌라 춤) - 박태호(말라사다 도넛)

심명은(레후아 꽃)

이명준(블록 탑) - 김난정(레이 목걸이와 소설책) - 이우윤(파도 거품)

박화수(팬케이크) - 오상헌(과일)

박지수(무지개 사진)

홍경아(커피)

정규림(산호 증서) - 정해림(새 깃털)

❷ 만약 나의 자녀와 친구들이 심시선의 가족처럼 제사를 지낸다면 어떤 물건(음식)들을 가지고 올 것 같나요?

5 여행이 끝나고 집으로 돌아가는 비행기 안에서 경아는 늘 무채색 옷만 입던 딸 해림이 노란색 티셔츠를 입은 걸 보며 기뻐합니다. 경아는 '심시선의 조각'이 자신들에게 있으니 해림의 변화에 대해 앞서 짚기보다 천천히 발견해 나가자 생각합니다.

❶ 여기서 '심시선의 조각'은 무엇이라고 생각하나요?

> 우리는 추악한 시대를 살면서도 매일 아름다움을 발견해 내던 그 사람을 닮았으니까. 엉망으로 실패하고 바닥까지 지쳐도 끝내는 계속해 냈던 사람이 등을 밀어 주었으니까. 세상을 뜬 지 십 년이 지나서도 세상을 놀라게 하는 사람의 조각이 우리 안에 있으니까. (331쪽)

❷ 여러분이 '다음 세대에게 남겨 주고 싶은 조각'은 무엇인가요?

바깥은 여름

김애란 지음, 문학동네, 2017

시차를 좁히는 이야기들

"볼 안에선 하얀 눈이 흩날리는데, 구 바깥은 온통 여름일 누군가의 시차를 상상했다."(182쪽)

소설을 읽는다는 건 시차를 좁히는 일이다. 상대방을 이해하기는 "품이 드는 일이라, 자리에 누울 땐 벗는 모자처럼 피곤하면 제일 먼저 집어던지게 돼 있"어서, 우리는 "타인을 가장 쉬운 방식으로 이해"해 버리거나 "자기들 필요에 의해" 이해를 만들기도 한다. 김애란 소설집 《바깥은 여름》은 타인의 시차를 상상해 타인을 향한 이해에 이르도록 이끈다. 일곱 개의 이야기 가운데 모임에서 가장 많이 언급되었던 네 편의 이야기는 이렇다.

〈입동〉은 어린 자녀를 사고로 잃은 부모의 슬픔을 담고 있다. 엄마 독서모임에서 소설을 나눌 때 가장 관심을 끄는 건 아무래도 나와 같은 엄마와 자녀들이 등장하는 작품이다. 이 단편을 읽으며 누군가에게 고통의 유효 기간을 정해 놓고 '꽃매'를 들고 있지는 않았는지 생각해 본다. 회복의 시차는 모두가 다르다. 이 소설을 읽으며 눈물을 흘렸던 우리 모습에서 씁쓸한 위선을 본다. 타인의 슬픔에 '너무나 오랫동안'이라는 말을 붙여 가며 꽃매를 들던 모습을 말이다.

〈가리는 손〉에서는 홀로 아들을 키우는 엄마가 끔찍한 사건의 목격자인 아들의 행동을 보며, 자신이 바라보던 아들의 모습이 잘못된 것일지도 모른다고 생각한다. 서늘한 결말에 이르러서는 아이를 키우다 한 번씩 마주하는 오싹했던 느낌이 떠올랐다. 아이를 향한 절대적 믿음이 깨지는 순간 말이다. 아이는 나 자신보다도 더 객관적으로 보기 힘든 대상이다. 그 진짜 얼굴을 찾으려 어둠 사이에서 희미한 촛불을 들고 서 있는 듯 불안하다. 자궁에 아이가 있을 때부터 생겨난 불안은 영원할 것만 같다. 내가 이 엄마라면 어떻게 해야 할까?

〈노찬성과 에반〉은 가장 여운이 긴 이야기였다. 찬성이는 아버지가 자살했다는 이유로 보험금을 한 푼도 받지 못한 채 할머니와 힘겹게 살고 있다. 그러던 어느 날 강아지 에반이라는 애정의 대상이 생긴다. 찬성이는 암에 걸린 에반을 위해 안락사 수술비를 모으지만, 결국 에반도 자살하듯 죽는다. 아버지와 에반의 죽음은 찬성이에게 어떤 의미였을까. 왜 찬성이는 에반의 죽음 뒤에 '용서'를 떠올렸을까. 에반에게 약속을 지키지 못한 자신을 용서해 달라는 것일까, 그의 죽음에서 떠올린 아버지를 용서할 수 있다는 것일까, 아니면 찬성이를 홀로 남겨 둔 아버지와 에반에게 용서받고 싶다는 뜻일까?

〈건너편〉에는 공무원 시험을 준비하다 노량진에서 만나 인연이 된 이수와 도화가 등장한다. 교통 정보 센터에서 일하는 도화와 동거하는 이수는 공무원 시험을 그만두고 부동산 컨설팅 회사에 들어갔지만, 도화 몰래 집 보증금을 빼 다시 시험을 준비하고 있다. 두 달 전부터 도화는 이수와 헤어지고 싶어 한다. 결국 크리스마스 당일 노량진에서 25만 원짜리 줄돔회를 사 먹으며 둘은 헤어진다.

"부엌이라 해 봐야 거실에서 몇 발자국 거리이지만 건너편 상대에게 말할 땐 목소리를 조금 높여야 했다." 이 작품의 제목에 대해 생각해 보게 된다. 같은 공간에 살고 있는 사람에게도 거리가 느껴질 때가 있다. 비밀이 생기면 마음 건너편의 거리는 더 멀어진다. 마주 보지 않은 채 자신의 소리를 더 키우기만 한다. 서로의 "과거를 먹"으며 잘 "소화"되지 않았던 감정들은 결국 헤어짐을 마주하게 만든다.

고통 속에 내뱉은 탄식을 언어로 승화시킨 일곱 개의 이야기가 차가운 구 안에 존재하고 있는 이에게는 위로를, 구 밖에 존재하고 있는 이이게는 타인을 향한 이해를 전한다. 우리는 이야기로 구 안팎에서의 시차를 점점 줄일 수 있다고 믿으며 이 책을 읽고 나누었다.

1 김애란 작가의 단편집 《바깥은 여름》은 무언가를 잃은 인물들이 겪는 내면의 슬픔과 질문을 우리에게 던지고 있습니다. 작가의 말처럼 "하지 못한 말과 할 수 없는 말, 해선 안 될 말과 해야 할 말"이 어떤 인물이 되어 그녀의 언어로 살아나 읽히는데요. 여러분은 이 책을 어떻게 읽었나요? 여러분에게 가장 인상 깊었던 작품은 무엇이었나요?

2 **〈입동〉** 어렵게 아파트를 장만하고 이사한 지 얼마 되지 않아 아들(영우)이 어린이집 차에 치여 죽으며 부부는 슬픔에 잠깁니다. 아내는 장을 보고 와서 남편에게 "사람들이 자기를 쳐다보며 아이 잃은 사람은 옷을 어떻게 입나, 자식 잃은 사람도 시식 코너에서 음식을 먹나 훔쳐본다."고(23쪽) 말합니다. 화자인 남편은 "처음에는 탄식과 안타까움을 표한 이웃"들이 "마치 거대한 불행에 감염되기라도 할 듯" 피하기 시작했고, "내가 이만큼 울어 줬으니 너는 이제 그만 울라며 꽃으로 아내를 채찍질하는 것처럼 보였다."(37쪽)라고 하는데요. 여러분은 타

인의 슬픔을 볼 때 어떤 마음으로 공감하나요?

3 **〈노찬성과 에반〉** 열 살 찬성이는 트럭이 전복돼 아빠가 돌아가시고 한 달쯤 지났을 때 할머니가 일하는 휴게소에 묶여 있는 개를 발견합니다. 그 개에게 '에반'이라는 이름을 지어 주고 함께 삽니다. 그런데 에반이 암에 걸려 시름시름 앓고, 찬성은 에반을 고통 없이 보내 주기 위해 알바로 10만 원을 모읍니다. 하지만 그 돈을 자기가 쓰고 싶었던 곳에 조금씩 씁니다. 안타깝게도 에반은 차에 치여 죽고 맙니다. 그 장면을 목격한 몇몇 형들은 "그 개가 일부러 뛰어드는 것 같았다."(80쪽)라고 말합니다. 죽은 에반을 놔두고 돌아가는 길에 찬성이는 할머니가 답해 주었던 '용서'라는 말을 떠올리는데요. 이 용서는 누가 누구에게 하는 것일까요? 그리고 여기에는 어떤 의미가 있을까요?

> "할머니, 용서가 뭐야?"
> ……
> "그냥 한번 봐 달라는 거야." (43~44쪽)

4 **〈건너편〉** 10년째 연인인 도화와 이수는 동거 중입니다. 도화는 두 달 전부터 이수와 헤어지고 싶어 했습니다. 그러다 도화는 이수가 몰래 집 보증금을 빼서 그만두었던 공무원 시험 준비를 다시 시작했다는 것을 뒤늦게 알게 됩니다. 도화는 "네가 돈이 없어서, 공무원이 못 돼서, 전세금을 빼 가서" 헤어지려는 게 아니라 "그냥 내 안에 있던 어떤 게 사라졌어. 그리고 그걸 되돌릴 수 있는 방법은 없는 것 같아."(115쪽)라고 말하며 헤어지자고 하는데요. 여러분은 이런 도화의 말을 어떻게 보았나요?

5 **〈침묵의 미래〉** 사라지는 소수 언어를 지키기 위해 설립된 소수 언어 박물관에 사는 '나'는 후두암으로 죽은 노인의 언어입니다. 천여 개의 언어를 지킨다는 명목 아래 전시되는 천여 명의 화자들은 "고독 때문에 미쳐"(130쪽) 갑니다. '나'는 이 박물관이 언어를 보호하기 위해서가 아니라 멸하기 위해 지어졌다고 생각합니다. 여러분은 이 박물관을 어떻게 보았나요?

6 〈**풍경의 쓸모**〉 외도로 이혼한 아버지는 매달 생활비를 보내고, 기념일에 맞춰 아들인 정우에게 여러 선물을 합니다. 정우는 그런 선물들이 "고심한 흔적이 역력"했지만, "평범하기 짝이 없는 물건"(155쪽)이었다고 이야기합니다. 정우는 자신의 교수 임용을 간절히 바라며 학과장 곽 교수를 찾아갈 때 아버지에게 받은 홍삼 진액을 들고 갑니다. 또한 곽 교수가 음주 운전 중 사고를 내자 대신 운전한 척해 줍니다. 그 후에 임용 심사 결과를 기다리던 정우는 뒤늦게 자신이 떨어졌다는 것과 심사 과정에서 곽 교수의 강한 반대가 있었다는 사실을 듣게 됩니다. 어머니와의 태국 여행을 끝내고 돌아오는 비행기 안에서 정우는 마음속으로 "나는 공짜를 바란 적이 없다."(183쪽)라고 생각하자 비행기 소음 사이로 "더블 폴트"(테니스 경기 중 두 번의 서브 기회를 모두 실패하는 것)라는 말이 들려왔다고 하는데요. 정우의 '두 번의 실패'는 어떤 것일까요?

7 〈**가리는 손**〉 한 노인이 십 대 무리와 실랑이 끝에 사망한 사건의 유일한 목격자인 재이는 쓰러진 할아버지를 보고도 그냥 지나칩니다. CCTV에 찍힌 자신의 아들 재이의 행동을 보고 엄마인 '나'는 "아직 아이이니까 그럴 수 있다고 생각"(207

쪽)합니다. 오히려 그날 일로 아들이 큰 충격을 받지는 않았을까 걱정합니다. 그러다 '나'는 동영상 속 재이가 "손으로 황급히 가린 게 비명이 아니라 웃음이었을지도 모른다는 생각"(220쪽)이 드는데요. 만약 여러분이 재이의 엄마라면 이런 생각이 든 후 어떻게 행동하겠습니까?

8 **〈어디로 가고 싶으신가요〉** 수련회에서 자신의 학생인 지용을 구하려다 남편(도경)이 죽자, 명지는 사촌 언니의 제안으로 스코틀랜드에 잠시 머물다 집으로 돌아옵니다. 집에 배송된 우편물 중 죽은 지용의 누나가 자신에게 보낸 편지를 읽으며, 그녀는 "누군가의 삶을 구하려 자기 삶을 버린" 남편의 선택에 화가 나 있던 마음이 풀어집니다. 편지를 읽으며 그녀는 "삶이 죽음에 뛰어든 게 아니라, 삶이 삶에 뛰어든 게 아니었을까."(266쪽)라는 생각을 처음 하게 됩니다. 여러분은 이 이야기를 어떻게 보았나요?

고슴도치의 우아함

뮈리엘 바르베리 지음, 류재화 옮김, 문학동네, 2015

죽음으로 향하는 길목에서 아름다운 찰나들 수집하기

동백꽃의 꽃봉오리가 툭! 하고 떨어질 때, 1초도 안 되는 찰나의 아름다움을 느끼는 사람이 세상에 얼마나 될까? 찰나는 물리적인 시간을 의미하기도 하지만, 때론 오랜 삶이 누적된 수십 년의 시간이기도 하다. 죽음 앞에서 주마등처럼 흘러가는 지난 시간은 눈 깜빡할 새로 압축된다. 그 삶은 아름다웠던가? 현재에도 수많은 찰나가 지나간다.

《고슴도치의 우아함》은 프랑스에서 113주 동안이나 베스트셀러에 오르며 높은 인기를 누린 책이다. 표지와 제목으로 미루어 사뭇 잔잔한 동화일 것 같지만, 철학과 미학의 다양한 지식과 비유가 숨어 있는 깊이 있는 글이다.

수위로 일하는 르네는 책 읽기를 좋아하는 걸 넘어 어려운 철학서까지 섭렵한 뛰어난 지성인이다. 르네는 자신의 정체를 숨긴 채 최대한 평범한 수위 아줌마로 보이려고 노력한다. 하지만 그녀가 관리하는 고급 아파트에 사는 소녀 팔로마와 새로 이사 온 일본인 가쿠로 오즈에게 정체를 들키고 만다. 그들과 르네는 나이와 직업을 뛰어넘어 사랑과 우정을 나눈다.

책에서는 두 화자인 르네와 팔로마가 번갈아 가며 이야기를 이어 간다. 팔로마는 세상의 부조리와 허무함을 모두 안다는 듯 굴며 늘 죽음을 생각하지만, 한편으로는 인생을 살아갈 이유를 찾길 갈망한다. 반면 르네가 가진 삶의 태도는 사뭇 다르다. 그녀는 삶을 아름답게 관조하며 품위와 고아함을 유지하고 지성과 교양으로 예술을 즐긴다. 차를 마시며 책을 읽고, 천천히 음미하는 시간을 가지면서도, 묵묵하게 자기 일을 해내고, 타인을 위한 '아름다운 움직임'도 서슴지 않는다. 팔로마는 바로 이 아름다운 움직임을 찾으려고 '세계 운동에 관한 고찰'이라는 글을 써 내려간다. 그러다 화병에 꽂혀 있던 꽃송이가 뚝 떨어지는 순간, 미의 본질을 깨닫는다.

아름다운 것은 그것이 스쳐가는 바로 그 순간을 잡는 것이기

> 때문이다. 사물들이 아주 찰나적으로 어떤 모습을 띠는 바로 그 순간 우리는 아름다움과 죽음을 동시에 본다. 아, 아, 아! 삶이 이렇게 살아져야 하는 거 아닌가? 나는 속으로 말했다. 아름다움과 죽음, 움직임과 소멸 사이에서 늘 균형 있게? 아마도 이것이 살아 있는 것이리라. 죽어 가는 순간을 추격하는 것. (384쪽)

찰나에 일어나는 아름다운 움직임들은 죽음으로 가는 과정과 유사하다. 그 변화를 알아차리는 것이 바로 인생을 살아갈 이유다. 중요한 것은 우리에게 그 아름다움을 바라보는 눈이 있느냐는 점이다. 우리는 이를 느낄 줄 알고, 더 행복해지기 위해 공부한다. 사물과 사람과 인생을 멈춰 서서 '응시'하며 내 삶의 아름다운 움직임을, 찰나를 수집하는 삶을 위해서 말이다.

아이가 자라나는 걸 내 눈으로 보면서도 찰나에 훅 커 버렸다고 느낀다. 엄마라는 자리는 어쩌면 세상에서 가장 아름다운 움직임, 아이의 성장을 볼 수 있는 위치가 아닐까. 그 사실을 자주 잊지만 눈부신 순간을 잘 느끼며 살아야겠다고, 모임에 참석한 회원들은 하나같이 입을 모아 말했다. 오늘 하루에도 아름다웠던 찰나가 분명 있었을 것이다. 다만 그 순간을 느낀 사람과 느끼지 못한 사람이 있을 뿐이다.

함께 나눌 질문들

1 《고슴도치의 우아함》은 파리의 고급 아파트 수위로 일하는 르네와 그 아파트에 사는 열두 살 소녀 팔로마의 이야기입니다. 팔로마는 자신의 열세 번째 생일날 아파트에 불을 지르고 죽기로 결심하지만, 르네를 만나고 점차 변하는데요. 여러분은 이 책을 어떻게 읽었습니까?

2 르네는 스스로를 못생기고 오동통하고 과부인 54살이라 소개합니다. 그녀는 수위 아줌마라는 범주에서 벗어나지 않으려고 애쓰며 자신의 독서와 철학, 미학 등의 지식을 감춥니다. 그런 모습을 알아챈 팔로마는 르네를 "겉으로 보면 그녀는 가시로 뒤덮여 있어 진짜 철옹성 같지만, 그러나 속은 그냥 역시 고슴도치들처럼 꾸밈없는 세련됨을 지니고 있"(206쪽)는 '우아한 고슴도치' 같다고 말하는데요. 여러분은 르네를 어떻게 보았나요?

3 팔로마가 르네를 보고 고슴도치의 우아함을 말하듯이, 르네도 친구 마뉘엘라를 '포르투갈 출신 가정부의 원형에 대한 반역자'(38쪽)이고 마음이 귀족, 귀부인이며 저속함과는 거리가 멀다고 말합니다. 르네는 마뉘엘라가 직접 만든 과자를 마치 여왕에게 주듯 건네는 모습 속의 우아함을 이야기하는데요. 여러분은 '우아함'이 무엇이라고 생각하나요?(생각이나 행동)

4 르네는 팔로마를 예리하고 어른을 주눅 들게 하는 명철함과 통찰력을 지닌 아이라고 말합니다. 하지만 팔로마는 삶에 비관적입니다. 그녀는 자신이 죽지 않고 살아갈 이유를 찾기 위해 '아름다운 움직임'에 관한 일기를 씁니다. 그중 "만약 정신을 위한 아름다운 생각 대신 육체의 아름다운 움직임을 발견한다면, 난 어쩌면 삶이 살 만한 가치가 있다고 생각할 것이다."(48쪽)라는 글을 쓰는데요.

❶ 여러분은 팔로마가 쓴 '세상의 움직임에 대한 일기'를 어떻게 보았나요?

❷ 총 일곱 개의 일기 중 가장 인상 깊었던 글은 무엇인가요?

❸ 팔로마는 결국 자살할 생각을 멈추고 살아갑니다. 그렇다면 그녀는 아름다운 움직임을 찾았을까요? 어떤 것을 찾았다고 생각하나요?

5 이 책을 쓴 저자는 르네와 팔로마 모두 아름다움을 집요하게 추구하고, 카오스 같은 삶 속에서의 순수함을 끊임없이 찾고 있다고 말합니다. 또한 둘 모두 문화가 만들어 낸 위대한 작품들의 빛에 힘입어 삶의 의미, 일상의 심연 속에서의 '미적 희열의 순간'들에 대한 문제를 제기한다고 하는데요. 그 연장선에서 문학, 철학, 회화, 영화, 음악 등 여러 키워드가 나옵니다. 여러분은 어떤 키워드가 인상 깊었나요?

#동백꽃 #다도 #바둑 #미닫이문 #정물화 #문법
#와비 #영화들 #예술 #음악 #고양이 #철학
#옛일본 #기타

6 책에는 아름다움과 예술에 대한 글이 많이 언급됩니다. "아름다움이 더 이상 목적도 계획도 아닌, 그러나 필시 우리 본성

자체가 될 상태, 이것이 예술이다."(284쪽), "예술이란, 욕망 없는 감정"(285쪽)이고 "아름다운 것은 그것이 지나가는 것을 우리가 포착하는 것이기 때문이다."라고 하는데요. 여러분은 '아름다움과 예술'이 무엇이라고 생각하나요?

7 일본인 가쿠로와 생일 기념 저녁 식사를 한 다음 날, 르네는 거지 제젠을 도우려다 세탁소 트럭에 부딪혀 죽고 맙니다. 르네는 그 순간 "삶의 가치를 어떻게 결정지을까?"라는 질문에 "중요한 건 죽는 것이 아니라, 죽는 순간에 뭘 하는가"(450쪽)라고 답했던 팔로마를 떠올립니다. 르네는 고독하고 황량한 54년을 보낸 뒤 마뉘엘라, 가쿠로, 팔로마를 만났던 기억을 떠올리며 죽음을 맞이하는데요.

❶ 여러분은 이 결말을 어떻게 보았나요?

❷ 만약 오늘이 내 생의 마지막 날이라면, 무엇을 하며 누구를 떠올릴 것 같나요?

스토너

존 윌리엄스 지음, 김승욱 옮김, RHK, 2020

평범한 삶도 위대해질 때

"이 소설에 대해선 할 말이 너무 많아서 제대로 시작조차 할 수 없다."

_문학평론가 신형철

수많은 사람이 인생 책으로 꼽는 명작. 출간 후 50년이 지나고서야 전 세계인의 마음을 사로잡은 한 사람의 가장 소박한 이야기. 대체 이 책에 무엇이 담겨 있길래 이처럼 많은 사람이 앞다투어 추천하는 걸까?

이 책의 줄거리는 아주 간단하다. 주인공인 스토너는 농부의 아들로 태어나 농과 대학을 다니는 평범한 학생이다. 어느 날, 필수

교양 과목으로 듣게 된 아처 슬론 교수의 영문학 수업에서 셰익스피어의 소네트에 대해 배우다가 알 수 없는 전율과 깨달음을 느낀다. 그 후 영문학에 푹 빠지게 되고, 평생 영문학을 연구하는 교수로 살아간다. 누군가 그의 장례식장에서 그가 누구인지 묻더라도 이 정도 답변밖에는 할 수 없는 평범한 사람. 큰 업적 없이 살아낸 한 사람의 인생사는 이렇게 간결할 수밖에 없다.

> 윌리엄 스토너는 1910년, 열아홉의 나이로 미주리 대학에 입학했다. 8년 뒤, 제1차 세계 대전이 한창일 때 그는 박사 학위를 받고 같은 대학의 강사가 되어 1956년 세상을 떠날 때까지 강단에 섰다. 그는 조교수 이상 올라가지 못했으며, 그의 강의를 들은 학생들 중에도 그를 조금이라도 선명하게 기억하는 사람은 거의 없었다. **(6쪽)**

단 세 문장이면 정리가 되는 '소시민의 전기'다. 하지만 그 안에는 안정된 삶을 좇으면서도 소신을 지키기 위해 조금씩 위태로운 순간을 감내하며 패배감에 젖거나 삶을 내팽개치지 않고 살아 내는 태도, 지혜와 실수를 오가며 미로의 출구까지 걸어가는 이야기가 담겨 있다. 바로 지금을 살아 내고 있는 우리의 모습과도 같다.

그래서 이 책에는 대단한 감동도, 심장을 옥죄는 흥미진진함도 없다. 우리의 삶이, 나의 삶이 그렇기 때문이다. 이것이 바로 이 책이 우리에게 알려 주고 싶은 지점인지도 모른다. 오늘도 어딘가에서 평범한 한 사람의 인생이 끝났다. 그는 어떤 삶을 살았을까? 특별하지도 위대하지도 않은 보통의 삶은 아무도 궁금해하지 않는다. 하지만 그것이 무의미한가? 대단한 업적과 이름을 남기지 않아도 살아 낸다는 것, 그 자체의 위대함에 우리는 더 감응해야 한다. 내 삶을 들여다봐야 한다. 스토너의 삶이 진부하게 느껴졌다면 나의 삶 역시 그렇게 느끼는지도 모르겠다. 그의 삶과 내 삶은 크게 다르지 않으니 말이다.

독서모임에서는 스토너의 부인 이디스도 많이 언급되었다. 표면적으로 이디스는 악처다. 아이를 스토너에게 맡긴 채 친정집에 오래 머물기도 하고, 변덕 부리는 모양새가 사춘기 소녀 같기도 하다. 하지만 이런 그녀의 모습에는 스토너의 책임도 있다. 스토너는 삶의 방향을 찾으려 애쓰는 그녀의 과격한 변화들을 성가시게 생각한다. 자신이 아내에게 결혼의 의미를 주지 못했으니, 자신과 상관없는 곳에서 인생의 의미를 찾아야 한다고 말하면서 다른 여자와 사랑에 빠지는 스토너. 만약 그녀의 한평생을 쓴 《이디스》라는 책이 나온다면 그녀도 스토너처럼 영웅이라는 수식어로 해석되었을까?

좀 더 들여다보면 스토너는 복잡미묘한 인물이다. 누군가는 영웅이라 했고, 누군가는 이기적인 남자라 했고, 누군가는 자신의 소신대로 행복하게 산 인물이라 했다. 한 인물의 전기를 읽고도 다른 평들이 쏟아진다. 우리 삶도 그럴 것이다. 다만 삶 자체는 누구에게나 숭고하다. 다시 한번 떠올려 본다. 스토너가 죽음을 앞두고 스스로 던진 질문,

넌 무엇을 기대했나?

우린 대체 무엇을 기대하며 사는 걸까?

함께 나눌 질문들

1 《스토너》는 1965년 처음 출간됐을 때 초판도 다 팔리지 못한 채 절판될 정도로 외면받았습니다. 그러다 미국과 유럽에서 점차 인기를 얻어 현재 30여 개국에서 읽히고 있습니다. 한 편집자는 재발행하는 책에 "어떤 의미에서는 평범한 사람이지만, 다른 누구 못지않게 풍부한 삶을 살아가는 당신에게."라는 문장을 달았다고 하는데요. 여러분은 이 책을 어떻게 읽었나요?

2 스토너는 농부의 아들로 농과대에 입학하지만, 교양으로 듣던 영문학 수업에 매료된 후 영문학 교수로 40년을 삽니다. 제1차 세계 대전 중 친구들이 입대할 때도 학교에 남아 공부를 계속해 나가고, 캐서린과의 외도로 문제가 생겼을 때도 가르치는 일을 포기하지 않는데요. 스토너에게 영문학은 어떤 의미일까요?

3 스토너의 아내 이디스는 “혼자 있을 때 가장 행복”(113쪽)해 보입니다. 그녀는 서른 살이 되자 “자신을 변화시키고 싶다.”(163쪽)며 극단 활동을 했다가, 다시 전업주부로 돌아와 딸 그레이스 교육에 집중합니다. 이디스는 스토너와 딸 그레이스가 보기에 이해할 수 없는 행동을 하고, 스토너의 외도를 알면서도 “가벼운 연애놀음”(280쪽)이라고 치부해 버립니다. 여러분은 이런 이디스를 어떻게 보았나요?

4 스토너는 결혼한 지 한 달도 안 돼서 결혼이 실패임을 깨달습니다. 더구나 결혼 생활이 나아지리라는 희망을 버렸다고 말합니다. 책에 따르면 스토너는 “침묵을 배웠고, 자신의 사랑을 고집하지 않았다.”(105쪽)라고 합니다. 그럼에도 결혼 생활을 유지하다 어느 순간 이디스의 갑작스러운 변화를 두고 책에서는 그녀에게 “결혼 생활의 의미를 찾을 수 있게 해 주지 못한 책임”(165쪽)이 스토너에게 있다고 합니다. 여러분은 이 말에 공감하나요?

❶ □ 공감한다.

□ 공감하기 어렵다.

❷ 만약 여러분의 남편이 스토너라면 어떨 것 같나요?

5 어느 날, 스토너는 자신의 세미나에 로맥스 교수가 추천한 찰스 워커를 수강생으로 받습니다. 스토너는 그에게 낙제점을 줬지만, 로맥스 교수의 강력한 반발로 워커는 다시 학교에 다니게 됩니다. 로맥스 교수는 워커를 상상력과 열정이 아주 뛰어난 학생으로 평가합니다. 게다가 "신체적으로 불행한 고통을 겪고 있는 워커에 대해 연민을 느끼지 못하는"(246쪽) 스토너를 용서할 수 없다는 말까지 하는데요. 여러분은 이런 로맥스 교수의 행동을 어떻게 보았나요?

6 이 책의 옮긴이는 "스토너를 섣불리 실패자로 낙인찍을 수 없다."라고 말합니다. 그에 따르면 스토너는 "삶을 관조하는 자"(392쪽)였습니다. 이 책의 저자 또한 스토너는 진짜 영웅이고, 삶 또한 아주 훌륭한 것이었다고 말하는데요. 여러분은 스토너가 어떤 사람이고, 어떤 삶을 살았다고 느꼈나요?

소설을 읽고 나눈 후에

부드럽게 때론 고통스럽게 분열하며 알아 가는 나

지식의 위계와 권위에 눌려 전문가들의 비평을 무조건 수용하다 보면 자신의 관점이 초라해지기 마련이다. 자기 생각이 '틀리지' 않았을까 하는 두려움은 그런 위계 문화를 깨부수지 못한 결과다. 특히 가장 자유로워야 할 문학조차 여기에서 벗어나지 않는다.

독서모임에 전문적인 비평가는 필요 없다. 누구나 같은 자리에서 공평한 발언권을 가지고 자신의 해석을 자유롭게 펼친다. 흡사 예술과 비슷하다. 같은 대상을 모두가 다르게 그리는 것처럼, 하나의 주제로도 모두가 다른 글을 쓰는 것처럼 말이다. 특히나 문학을 기혼 여성의 입장에서 해석할 여지는 넘쳐 난다. 조금 더 전문성 있는 해석법을 가미한다면 문학 박사 논문을 쓰게 될지 누가 알겠는가.

그렇게 자신만의 관점을 이야기하다 어느 순간 알게 된다. 자신의 말에 타인의 공감이 더해지면 어느덧 자신을 인식하게 된다는 것을. 많은 참가자가 토론이 끝난 후 후련한 감정이 드는 것은 바로 이 과정 때문이다. 자신을 이야기했고, 더 잘 알게 되었기 때문이다. 그 중심에

문학이 있다. 현실에서는 만날 수 없는 뒤틀리고 예민한 사람, 계속해서 마음이 쓰이는 안타까운 사람, 너무나 사랑스러워서 곁에 두고 싶은 사람을 보며 나를 발견하게 된다. 거리를 둔 소설 속 인물들을 바라보는 시선에서 나라는 사람을 인지하게 되는 것이다.

우리에게는 모호한 경계선을 더듬어 가며 자신의 위치를 알아 가는 과정이 필요하다. 지난한 공부의 과정을 거치며 손쉽지 않고 명확하지도 않은 길을 찾아 간다. 내가 지금 가지고 있는 정보나 생각들은 어떻게 얻은 것인가 되묻는다. 자발적으로 자신을 해부하고 분열시키는 과정에서 사유가 일어난다. 내 속에 있는 것들을 곡괭이로 파고 들어가며 귀한 것들을 채굴한다.

부유하는 생각들은 어디에서 온 것일까. 왜 저들이 가진 생각의 광물이 내 것과는 다른가. 내 생각의 광물은 무엇으로 이루어져 있을까. 누군가 써 놓은 책 속의 삶, 누군가의 생각을 잘 들었다면 이제는 내 생각을 궁금해해야 한다. 남의 생각이 아닌 나의 생각을!

그러니 조급해하지 말자. 지식을 채우는 경쟁이 아니라면 서두를 필요가 없다. 책이 내 안에 머물며 던진 질문에 천천히 나만의 현답을 찾을 수 있는 시간을 주자.

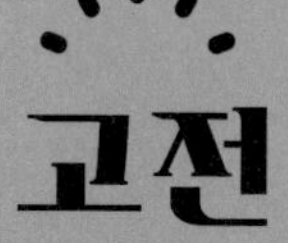

고전

오래 남은 이야기에는
사유가 있다

자기만의 방

마담 보바리

그림자를 판 사나이

프랑켄슈타인

데미안

멋진 신세계

1984

자기만의 방

버지니아 울프 지음, 이미애 옮김, 민음사, 2016

독립된 공간과 경제적 자립 그리고 내면의 방 채우기

100년 전에 살았던 한 여성이 타임머신을 타고 현재로 온다면 어떤 반응을 보일까? “여자에게 투표권이 있다고요? 학사는 물론이고 박사까지 원 없이 공부하며 어디서나 글을 쓸 수 있다고요? 정말 판타스틱하군요!”라고 감탄하며 지금의 여성들에게 행복한 줄 알라고 말할까? 1세기 전에 여성 해방을 외치던 사람이라면 절대 그러지 않을 것이다. 버지니아 울프는 1928년 여성 지식인들 앞에서 지금까지 읽힐 강연을 한다. 바로 그 강연의 내용이 이 책에 담겼다.

자유와 평등은 정확한 기준점이 없는 끝없는 목표다. 지금까지도 《자기만의 방》이 읽히는 이유는 아직 우리가 그곳에 ‘도달하지 못했기 때문'이다. 21세기에도 '자기만의 방'을 찾는 여성들이 여전하다. 기혼 여성들은 개인의 자유와 평등보다는 가족이라는 공동의 목표를 위해 노력하다 보니 자기만의 방과 자유를 갈망하기가 어렵다. 특히 전업주부로 살면서 합당한 자기만의 시간과 공간을 요구하기는 더 힘들다고 말한다.

이 책은 페미니즘뿐 아니라 인간의 정신, 문명, 자본주의 등 다양한 지점을 말하고 있어 토론하기에 적합하다. 여성을 넘어 인간으로서 가지는 사유와 자유, 창조적 삶을 살아갈 예술가로서 가지는 태도와 꿈을 이야기한다. 버지니아 울프 역시 이에 대한 갈증을 자기만의 방과 숙모님이 남긴 유산 500파운드 덕분에 해소했다. 이것들로 두려움과 쓰라림이 연민과 관용으로 변하고, 시간이 지나면서 이는 "가장 커다란 해방, 사물을 그 자체로 생각하는 자유"가 되었다. 누군가에게 아부와 아양을 떨 필요 없이, 억울함과 분노 없이, 마음의 불순물이 모두 태워진 때에야 창조성과 자유로움이 발휘된다고 그녀는 말한다. 일상에서도 마찬가지다. 우리 안에 '소각되지 않은 이물질'이 남아 있으면 자유롭지 못하고 앞으로 나가지 못한다.

이제 방은 여러분의 것이지만 여전히 텅 비어 있습니다. 그러

> 니 방 안에 가구를 갖춰야 합니다. …… 남들과 나누는 공간으로 만들기도 해야 하지요. 그렇다면 어떻게 그 방에 가구를 들일 건가요? 어떻게 꾸밀 건가요? (**《WHY》, 버지니아 울프, 이소노미아, 2018, 32쪽**)

막상 자기만의 방과 한 달 생활비가 주어진다고 해도 정작 무엇을 원하는지, 무엇을 제대로 보고 싶은지 모른다면 무의미할 수 있다. 최종적인 자기만의 방은 '내면의 방'이다. 내면의 공간에 채우고 싶은 것들을 내게 먼저 질문해야 한다.

이 책을 함께 읽고 나누며 많은 엄마가 나만의 방을 가지고 싶다고 말했다. 남편의 서재가 아닌 나만의 책상과 방을 가지고 싶다고. '오늘 밤 설거지하고 아이들을 재우느라' 책 읽고 글 쓰는 '지적 자유'를 내일로 미루는 모든 엄마에게 버지니아 울프의 긴 편지가 닿아, 창조적인 한 인간으로서 "빈둥거리며 세계의 미래와 과거를 성찰하고 책을 읽고 공상에 잠기며", "사고의 낚싯줄을 강 속 깊이 담글 수 있"는 방을 찾기를 바라본다.

함께 나눌 질문들

1 **〈1장〉** 저자는 여성 대학 식당에서 초라한 음식을 먹고 '여성의 가난'(41쪽)에 대해 생각합니다. 우리의 어머니들은 물려줄 재산도 없고 "사치와 개인적 자유와 공간이 합쳐 빚어진 세련됨, 온화함, 품위"(45쪽)도 제공해 주지 못했다고 합니다. 그녀는 우리의 어머니들이 도대체 무엇을 하고 있었기에 이런 상태가 되었는지 물으며 그녀들이 매우 심각하게 자신들의 일을 잘못 처리했다고 말합니다. 여러분은 이런 저자의 생각을 어떻게 보았나요?

2 **〈2장〉** 저자는 돌아가신 숙모의 유산으로 매년 500파운드의 돈을 받고 있었습니다. 그녀는 투표권과 돈 가운데 돈이 더 중요했다고 고백합니다. 또한 "고정된 수입이 사람의 기질을 엄청나게 변화시킨다."(64쪽)라고 말합니다. 그래서 증오심과 쓰라림이 사라지고 남성에 대한 새로운 태도(연민과 관용)를 갖게 되었으며, 더 나아가 가장 커다란 해방, 사물을 그 자체로 생각하는 자유가 생겼다고 합니다. 그녀는 "지적 자유는 물질

적인 것들에 달려 있다."(157쪽)라고 주장하는데요. 여러분은 그녀의 주장에 공감하나요?

❶ □ 공감한다.
□ 공감하기 어렵다.

❷ 자신에게 '생활에 필요한 500파운드'는 얼마 정도라고 생각하나요?(매일, 한 달 또는 매년)

3 〈**3~4장**〉 저자는 셰익스피어를 언급하며, 그처럼 여러 욕구가 불타올라 소진된 상태가 되어 방해받지 않고 눈부시게 타오를 수 있는 마음을 가져야 한다고 합니다. 결국 창조적인 작업을 하는 데에는 마음에 어떤 방해물이 있어서도 안 되고 "태워지지 않는 이물질"(89쪽)이 끼어서는 안 된다고 말하는데요.

❶ 여러분은 이 부분을 어떻게 보았나요?

❷ 요즘 여러분에게도 '태워지지 않는 이물질'이 있다면 무엇인가요?

4 〈**4장**〉 책에 따르면 작가인 제인 오스틴은 "공동의 방-거실-에서 글을 썼다."(103쪽)라고 합니다. 그 공간에서 여성은 언제나 방해받을 수밖에 없었기에 시나 희곡보다는 덜 집중해도 되는 산문과 소설을 주로 썼을 것이라 합니다. 그래서 저자는 누구에게도 방해받지 않고 자기만의 방을 가진다는 것이 매우 중요하다고 보는데요. 여러분에게는 '자기만의 방'이 있나요? 있다면 어디인가요?

5 〈**6장**〉 책에 따르면 "위대한 마음이란 양성적"(144쪽)이라는 말은 여성적인 것과 남성적인 것, 이 두 가지가 함께 조화를 이루고 정신적으로 협력하는 것이라고 합니다. 즉, 남성이라도 자기 두뇌의 여성적인 부분을 사용해야 하고 여성 또한 내면의 남성적인 부분과 교섭해야 한다고 합니다. 이런 융화가 마음을 풍요롭게 하며 창조력을 갖게 한다고 하는데요.

❶ 여러분은 이 부분을 어떻게 보았나요?

❷ 스스로 자신의 삶에 양성적인 부분을 융화시킨다고 생각하는 영역이나 행동, 마음이 있나요?

6 버지니아 울프는 마지막에 여성들에게 "아무리 사소하고 아무리 광범위한 주제라도 망설이지 말고 어떤 종류의 책이라도 쓰기를 권"(158쪽)합니다. 그녀가 이렇게 책 쓰기를 권하는 것은 "우리 자신과 세계 전반에 도움이 될 일을 하라고 촉구"(159쪽)하기 위해서라고 하는데요. 여러분이 만약 책을 쓴다면 어떤 이야기를 하고 싶은가요?

마담 보바리

귀스타브 플로베르 지음, 김화영 옮김, 민음사, 2000

일상의 권태로움을 일상의 품위로 바꾸기 위해

왜 이런 책이 고전일까 의문이 들 정도로 단순한 치정극에 불과해 보이는 책이 있다. 처음 《마담 보바리》를 읽었을 때 딱 그런 느낌이었다. 하지만 재독과 독서모임을 통해 다시 만난 이 책에는 고전이 담고 있는 가장 보편적인 인간의 삶과 질문이 담겨 있었다.

사랑 소설을 읽으며 사랑과 결혼에 대한 환상을 가진 엠마는 시골 의사 샤를르 보바리와 결혼한 후, 낯선 시골에서 끝나지 않을 것 같은 단조로움에 숨 막히기 시작한다. 일상의 피곤함과 권태를 해결할 수 없었던 엠마는 다른 남자(레옹, 로돌프)와 외도를 저지를 때조차 모든 원인을 매력 없고 둔한 남편에게 돌린다. 자신의 불행과 과오를 합리화하고 남 탓으로 돌리는 그녀를 미워만 할 수 없는 이유는 그 일상의 권태로움이 너무나 현실적이기 때문이다.

통속적인 이야기지만 여기에는 인간의 숙명적인 외로움과 욕망의 문제가 감춰져 있다. 함께 토론하지 않았다면 나조차 욕망과 권태로움, 고독에 대해 질문하지 못했을 것이다.

작가 플로베르는 마담 보바리가 대체 누구냐는 질문에 자신이 바로 그녀라고 말한다. 엠마의 감정은 이처럼 '보편적'이다. 연인과 부부, 친구와 가족 등 우리는 정도의 차이만 있을 뿐 많은 것에 쉽게 질리고, 지나친 호기심으로 도달할 수 없는 만족감을 설정해 이를 채우지 못한다고 불평한다. 단조로운 일상에 참을 수 없는 싫증을 내는 원인은 바로 나 자신이다. 자신이 더 이상 새롭지 않을 때 권태는 시작된다. 그런데 엠마는 자신을 제외한 부분만 새롭길 바랐다.

하지만 이 모든 결과를 한 개인의 문제로만 돌리는 게 맞을까? 마음 한편에 어리석게 욕망을 해소한 엠마를 변호하는 내가 보인다. 엠마에게는 다소 둔한 남편만 있었을 뿐 마음을 털어놓고 위로받고 감정을 누그러뜨리도록 도와줄 친구 한 명이 없었다. 자기 이익을 위해 사람을 파멸에 이르게 하는 상인인 르뢰 같은 사람만 있었다. 일상의 단조로움과 권태를 이기도록 만들어 줄 환경이 그녀에게는 없었다. 그녀가 살았던 시대와 공간은 그녀를 더욱더 고립시켰다. 한 사람이 저지른 실수나 실패의 원인은 복합적이지만, 이해 가능한 범위 안에 있다. 그런 이해가 있다면 엄청난 비극의 파장 범위를 좁힐 수 있다.

우리는 끝없는 권태와 불길처럼 솟아오르는 욕망 사이에서 방황한다. 엠마는 "습관에서 오는 우아함"과 일상의 품위를 가꾸는 기쁨을 느껴 보지 못했다. 책을 읽는 엄마들의 모습에 습관의 우아함과 자신을 늘 새롭게 바꿔 가려고 노력하는 품위 있는 삶의 태도가 있다.

모임 중에 한 분은 엠마가 친구였다면 독서모임을 함께하자고 제안했을 거라고 말했다. "맙소사, 내가 어쩌자고 결혼을 했던가?"라고 현타('현실 자각 타임'의 줄임말. 헛된 꿈이나 망상에 빠져 있다가 실제 상황을 깨닫는 순간)가 왔던 엠마의 알 수 없는 불안과 발산하지 못한 응축된 에너지를 우리가 모인 자리에서 공감해 줬을 것이다. 엠마가 느껴 보지 못한 '자매애'를 나누고 미처 몰랐던 새로움을 스스로 발견할 수 있도록 도와주면서 말이다.

함께 나눌 질문들

1 엠마는 시골 의사 샤를르 보바리와 결혼한 뒤, 따분하고 권태로운 시골과 결혼 생활에 질립니다. 그녀는 결국 레옹, 로돌프와 외도를 저지르고, 과소비로 인해 큰 채무를 떠안게 됩니다. 빚을 해결하지 못하게 되자 엠마는 죽음을 선택합니다. 아름답고 통찰력 깊은 문장으로 인간의 내면을 깊이 사유한 고전 《마담 보바리》를 여러분은 어떻게 읽었나요?

2 샤를르 보바리는 성실한 의사지만, 성격은 둔합니다. 그는 아내 엠마를 행복하게 해 주고 있다고 믿었으며 아내의 외도를 단 한 번도 알아채지 못했죠. 엠마가 죽은 후에도 그녀가 사랑했던 로돌프의 편지를 발견하고도 "그들이 플라토닉한 사랑을 했"(493쪽)다 생각하고, 심지어 그를 만나서도 원망하지 않는다며 "이게 다 운명 탓이지요!"(502쪽)라고 말하는데요. 여러분은 남편으로서 샤를르 보바리를 어떻게 보았나요?

3 엠마는 감정적 욕구가 강하고 감상적인 인물로 표현됩니다. 많은 소설을 읽고, 파리 지도를 사고, 두루 세상을 다녔다는 이유로 시아버지를 싫어하지 않죠. 그녀는 "어떤 돌발 사건이 일어나길 바라"(94쪽)고 "아슬아슬한 이야기를 좋아하는"(125쪽) 사람입니다. 그런 그녀이기에 따분한 시골에서의 결혼 생활은 견디기 어려웠습니다. 결국 외도와 사치라는 소용돌이에 빠져 자살을 선택한 엠마를 여러분은 어떻게 보았나요?

4 엠마가 불행한 삶을 살게 되는 데 가장 크게 영향을 끼친 것은 무엇이라고 생각하나요?

- 엠마 본인의 선택과 기질
- 주위 인물들(레옹, 로돌프, 르뢰)
- 장소(연고가 없는 외딴 시골 마을)
- 그 외 다른 이유

5 엠마가 비소를 먹고 극단적인 선택을 한 이유는 외도가 아니라 과소비로 인한 채무 때문입니다. 그녀의 과소비는 레옹과 사랑을 이루지 못한 채 헤어진 뒤부터 심해집니다. 끝없이 쌓이는 빚을 알았음에도 불구하고 그녀가 죽음 직전까지 사치를 멈추지 못했던 이유는 무엇이라고 생각하나요?

6 엠마에게는 자신의 마음을 속 시원히 털어놓을 친구가 없었습니다. 만약 여러분이 엠마의 친구였다면 엠마에게 어떤 말을 해 주고 싶은가요?

7 작품 해설에 따르면 약제사 오메는 "과학과 진보주의를 부르짖는 바보이지만 철두철미한 계산속이 시계의 톱니바퀴처럼 조립되어 돌아가는 무서운 인간"이라고 합니다. 작가 플로베르는 오메라는 인물을 통해 "인간의 어리석음을 해학적이면서도 쓰디쓴 눈으로 바라"(529쪽)봤다고 하는데요. 결국 오메는 자신이 그렇게 바라던 레지옹 도뇌르 훈장을 받습니다. 여러분은 오메라는 인물을 어떻게 보았나요?

8 여러분은 매일 반복되는 일상 속에서 권태와 단조로움을 언제 가장 크게 느끼나요? 그럴 때 일상을 지켜 나가며 이겨 내는 자신만의 방법이 있나요?

그림자를 판 사나이

아델베르트 폰 샤미소 지음, 최문규 옮김, 열림원, 2019

이 세상이 최소한의 그림자를 지켜 주는 곳이 된다면

김영하 작가는 자신의 책 《여행의 이유》에서 "아델베르트 폰 샤미소의 소설 《그림자를 판 사나이》를 읽지 않은 이는 거의 없을 것이다."(《여행의 이유》, 김영하, 문학동네, 2019)라고 썼다. 19세기에 쓰인 환상 문학에 어떤 매력이 있길래 김영하 작가는 이렇게 호평했을까?

이 책은 흥미로운 한 가지 사건에서 시작된다. 만약 당신에게 누군가 다가와 엄청난 돈을 주며 그림자를 팔라고 한다면 어떤 선택을 하겠는가? 빛이 있을 때나 보이는 그림자는 없어도 그만이므로 주저 없이 팔겠는가, 아니면 그림자를 없앤 후에 일어날 일이 두려워 선불리 팔지 않겠는가? 소설의 주인공 슐레밀은 전자였다. 그는 별생각 없이 악마에게 그림자를 팔고 금화를 만들어 내는 요술 주머니를 받았다. 그러나 행복도 잠시, 사람들은 그가 아무리 너그럽고 괜찮은 사람이라도 그림자가 없다는 사실에 경악하고 뒤이어 경멸하기 시작한다. 같은 이유로 슐레밀은 사랑하는 여자와도 결혼하지 못한다. 그러던 어느 날, 실의에 빠진 슐레밀 앞에 다시 악마가 나타나 그림자를 돌려줄 테니 영혼을 팔라고 유혹한다.

슐레밀은 악마의 제안에 영혼을 지키는 대신 요술 주머니와 그림자를 둘 다 포기한다. 그 후 우연히 신발 가게에 들어갔다가 주인에게서 신비한 장화를 추천받는다. 그 장화는 눈 깜짝할 사이에 칠십 리를 가게 해 주었다. 어디에도 속하지 않는 존재가 되어 버린 슐레밀은 장화를 신고 '자발적 방랑자'가 되어 세상을 떠돌며 학자로 산다. 슐레밀처럼 '성공한 방랑자'가 되는 삶도 물론 나쁘지는 않다. 하지만 그것은 아주 운이 좋아야 얻어지는 기회다. 그림자가 없는 모든 사람이 요술 장화라는 기회를 가질 수 있는 건 아니니까.

이 책에서 의미하는 그림자는 대체 무엇일까? 사람의 됨됨이를 뜻하는 양심, 도덕, 영혼은 눈에 보이지 않지만, 그림자는 눈에 보이는 뚜렷한 표식이다. 책에 등장하는 그림자 가운데 누군가의 그림자는 유독 작거나 희미하다. 게다가 그 세상에서 그림자가 없는 사람은 사람으로 취급받지 못한다. 그림자는 사회에서 사람으로 인정받는 입장권 같은 것이다.

그렇다면 현 사회에도 그림자가 없는 사람이 있을까? 토론하다 보면 판타지 속에서나 일어날 법한 '그림자 상실'이 우리에게도 해당되는 현실로 점차 다가온다. 엄마들은 "정상적인 시민적 연대성의 상실"을 뜻하는 그림자 상실을 결혼과 출산 후에 느꼈다고 말했다. 점차 희미해지고 작아지는 자신의 사회적 역할 때문에 더 움츠러들고, 사회가 자신을 온전히 한몫할 수 있는 사람으로 봐 주지 않는 것 같다고 말이다.

책에는 슐레밀을 배척하지 않은 유일한 사람, 하인 벤델이 등장한다. 그를 보며 가족이나 친구가 떠올랐다고 말하는 회원이 있는가 하면, 가족과 친구가 오히려 타인보다 자신을 더 이해하지 못할 때가 많았다고 말하는 회원도 있었다. 벤델이 요정이나 천사같이 보였다면(말 그대로 인간일 수 없다면) 벤델은 가족이라기보다 우리 사회의 마지막 안전망이 아닐까. 이기적이고 편협한 인간의 한계를 보완해 줄 수 있는 '사회적 제도와 정책'들이 그림자가 없는 이들도 사람으로서 함께 살아가게 도와줄 수 있는 벤델이 되어야 한다.

또한 마지막으로 이 질문을 던질 수밖에 없다. 나는 그림자를 상실한 이들에게 '벤델'이 되었던가?

함께 나눌 질문들

1 《그림자를 판 사나이》는 19세기에 쓰인 독일 문학의 수작입니다. 환상 문학이지만 인문서 《사람, 장소, 환대》 서문에서도 이 작품을 다루고 있듯이, 그 안에 담긴 메시지는 해석이 다양하고 주제도 흥미롭습니다. 여러분은 이 책을 어떻게 읽었나요?

2 슐레밀은 악마에게 금화를 만들어 주는 요술 주머니를 받고 그림자를 팝니다. 그 후 많은 돈으로 다른 이들을 돕기도 하지만, 사람들은 그림자가 없는 그를 보며 경악을 넘어 경멸하기까지 합니다. 사랑하는 여인 미나와도 결혼하지 못할 만큼 그림자가 없다는 것은 아주 큰 영향을 끼치는데요. 여러분은 그림자가 무엇이라고 생각하나요?

3 이 책 해제에서는 "마술 주머니를 맞바꾼 슐레밀의 교환 행위는 비난될 수 있지만, 그러나 이후 그림자를 상실한 이에 대

한 사회적 반응을 살펴보면 그들의 반응은 거의 '낙인찍기'에 가깝다. 요컨대, 모든 대중은 그를 비난하거나 사회에 소속될 수 없는 이로 여긴다."(177쪽)라고 합니다. 또한 "그림자는 인간이 특정 지역에서 태어나는 순간 자연적으로 혹은 사회 문화적으로 획득하게 되는 보편적인 것을 뜻하며 그림자의 상실은 그런 보편적인 것의 상실을 말한다."(131쪽)라고 하는데요. 여러분도 삶에서 '그림자를 상실했다'고 느낀 순간이 있나요?

4 사람들은 그림자가 없는 슐레밀을 차갑게 외면합니다. 그러나 단 한 사람 하인 벤델만은 그림자가 되어 그의 곁을 지키겠다고 말합니다. 벤델은 슐레밀이 남긴 재산으로 어려운 사람들을 위한 병원 재단을 설립해 운영하기도 하는데요. 여러분 주위에도 벤델 같은 사람이 있나요?

5 슐레밀은 자신을 배신한 하인 라스칼이 자신이 사랑했던 미나와 결혼한다는 소식을 듣고 좌절합니다. 그 순간 또다시 악마가 나타나 슐레밀에게 새로운 거래를 제안합니다. 다시 그림자를 돌려줄 테니 영혼을 달라는 것입니다. 악마는 "도대체

당신의 영혼이란 어떤 물건입니까? 그것을 본 적이나 있습니까? 언젠가 죽을 때 그 영혼을 가지고 도대체 무엇을 할 작정이십니까?"(79쪽)라고 물으며 영혼과 그림자를 바꿔 사랑하는 미나를 되찾으라고 말합니다. 여러분이 만약 슐레밀이라면 어떤 선택을 할 것 같나요?

□ 영혼을 주고 그림자를 되찾겠다.

□ 영혼을 지키고 그림자를 포기하겠다.

6 슐레밀은 악마의 주머니에서 나온 창백한 토마스 욘의 얼굴을 보고 무서워합니다. 결국 슐레밀은 영혼을 악마에게 주지 않고 마술 주머니와 그림자를 모두 버리고 떠납니다. 그러다 우연히 한 걸음에 70리를 가는 전설의 장화를 얻어 전 세계를 다니며 자연을 연구하고 책을 쓰는 학자의 삶을 살게 되는데요. 여러분은 이런 결말을 어떻게 보았나요?

프랑켄슈타인

메리 셸리 지음, 김선형 옮김, 문학동네, 2012

괴물을 만들어 낸 사람은 누구일까?

이 책을 읽고 많은 사람이 공통으로 느끼는 충격적인 지점.

"프랑켄슈타인이 괴물 이름이 아니었다니!"

이 소설의 원제는 《프랑켄슈타인 또는 현대의 프로메테우스》다. 프로메테우스는 그리스 로마 신화에 등장하는 티탄족의 영웅으로 인간을 창조한 최초의 신이자 인간에게 불을 훔쳐다 주어 영원히 코카서스의 바위에 묶여 독수리에게 간을 쪼이는 벌을 받은 인물이다. 즉, 프랑켄슈타인은 괴물 이름이 아니라 프로메테우스에 자신을 빗대 괴물을 만든 과학자의 이름이다.

이 소설은 단순한 공상 과학 소설이라고 하기에는 탄생과 죽음에 대한 철학적 질문과 인간의 숙명인 외로움, 사랑에 관한 보편적인 감정 등이 세밀히 담겨 있다. 작가 메리 셸리는 세계 최초의 공상 과학 작가로, 이 작품을 19살에 펴냈다. 그녀는 어린 나이였음에도 이미 많은 풍파를 겪었다. 페미니즘의 선구자인 어머니 메리 울스턴크래프트 셸리는 자신을 낳자마자 죽었고, 4살엔 새어머니가 생기면서 우울증에 시달리기도 했다. 아내가 있는 남자와 사랑에 빠져 도피하고, 아이를 낳았지만 일찍 떠나보냈다. 책에는 그녀가 짧은 생에서 경험한 사건에서 비롯된 촘촘한 생각들이 세밀하게 담겨 독자를 향해 수많은 질문을 던지고 있다.

'피조물'은 인간의 숙명처럼 태어나는 이의 의도와 상관없이 프랑켄슈타인 박사의 손에서 아무 이름도 없이 세상에 놓인다. 그도 하나의 존재로 자신을 증명하고 인정받고 싶어 하지만, 자신을 만든 프랑켄슈타인은 이름도 없는 괴물로 취급한다. 책 전반을 관통하는 그의 욕망은 하나로 귀결된다. 자신을 향한 사랑, 관심, 아니 연민이라도. "나를 혐오하는 그들을 어찌 내가 증오하지 않겠는가?"라는 피조물의 항변을 듣고 있으면 그가 많은 악행을 저질렀음에도 절대적 비난이 어려워진다.

이 세상에는 살아 있는 존재이면서도 생명체로, 인간으로 인정받지 못하고 가장 구석에 차갑게 내몰린 이름 없는 수많은 이가 있다. 누군가에게 따뜻하게 불린 적이 없고, 자신의 존재를 증명하느라 애쓰다 결국 흉하게 일그러져 버린 얼굴을 갖게 된 사람들.

엄마 독서모임에서 이 책을 읽었을 때 가장 많이 나온 이야기는 부모의 책임에 관한 것이었다. 엄마이기에 이 책은 자녀 교육서처럼 읽혔다. 프랑켄슈타인이 했어야 할 올바른 행동은 무엇이었을까? 비록 잘못된 창조자를 만났지만, 세상은 피조물에게 따뜻한 손길을 내밀 수 있지 않았을까? 요즘 아이들의 가장 큰 문제가 애정 결핍이라는데, 내 아이는 어떤 상태일까?

인간이 인간으로 존재할 수 이유는 사랑 하나면 충분하다. 자신은 본래 선한 인격체로 태어났으나 창조주의 잘못과 세상의 외면으로 악마가 되었다고 말하는 피조물을 보며, 범죄자들이 흔히 하는 '변명'과 그가 겪었을 '지독한 외로움에 대한 연민' 사이에서 갈등하게 된다.

아마 누구도 피조물과 프랑켄슈타인을 쉽게 평가할 수는 없을 것이다. 둘 모두에게 우리 모습이 있기 때문이다. 프랑켄슈타인이 피조물의 이야기를 진심으로 들어 주는 사람으로 곁에 머물렀더라면, 피조물 또한 자기 상처를 폭력으로 갚지 않았더라면…. 이런 질문이 마음속에서 도돌이표처럼 반복된다.

왜 우리가 괴물의 이름으로 프랑켄슈타인을 떠올렸는지 이야기가 끝나고 나서야 알게 됐다. 추운 남극으로 내몰린 채 살을 에는 차가운 외로움에 고립당한 존재를 향해 떠나는 배가 지금은 있을까?

함께 나눌 질문들

1 《프랑켄슈타인》은 19세기 작가 메리 셸리가 열아홉의 나이에 놀라운 상상력으로 쓴 소설입니다. 물리학자 프랑켄슈타인은 시체에 생명을 불어넣어 강한 힘을 발휘하는 피조물을 만듭니다. 하지만 피조물이 자신을 괴물로 취급한 프랑켄슈타인을 증오하게 되면서 발생하는 일을 담고 있습니다. 여러분은 과학 소설의 고전으로 알려진 이 책을 어떻게 읽었나요?

2 생명의 원리에 대한 호기심으로 무생물에 생명을 불어넣는 실험을 시작한 프랑켄슈타인과 북극 원정을 떠난 로버트 월턴 둘 다 자신의 호기심과 과학적 발전에 몰입합니다. 때론 가족에게 무심해지고, 자신의 건강과 안전도 포기하지만 결국에는 조금 다른 길을 걷는데요. 프랑켄슈타인과 월턴의 공통점이나 차이점이 있다면 무엇이라고 생각하나요?

□ 공통점

□ 차이점

3 프랑켄슈타인은 자신이 만든 피조물이 혐오스럽다는 이유로 버리고 도망칩니다. 이후 피조물은 사람들을 살해합니다. 그런 상황에서 프랑켄슈타인은 자신이 피조물을 만든 사람이라고 밝히지 않고 침묵한 채 도망칩니다. 여러분은 이런 프랑켄슈타인의 행동을 어떻게 보았나요?

4 프랑켄슈타인과 피조물은 부모 자식의 관계처럼 보일 수도 있는데요.

❶ 프랑켄슈타인이 피조물을 만든 자로서 해야 할 책임은 어디까지이며 어떤 행동을 했어야 한다고 생각하나요?

❷ 부모가 자녀를 책임지지 못하고 적절하게 보살피지 않았을 경우, 사회가 도울 방법이나 범위는 어느 정도라고 생각하나요?

5 괴물은 자신을 흉물스럽게 만든 창조자 프랑켄슈타인에게 분노를 느낍니다. 자신을 끝까지 불행 속에서 건져 주지 않는 프

랑켄슈타인에 대한 증오심으로 그의 가족과 친구를 살해합니다. "괴물 자신은 본래 자애롭고 선했지만 혐오와 멸시로 불행해져 악마가 되었다."(133쪽)라고 말하는데요. 여러분은 이런 괴물을 어떻게 보았나요?

6 괴물은 오두막집에 사는 사람들을 지켜보며 언어를 터득하고, 그들이 나누는 애정과 사랑을 갈망합니다. 괴물은 그들을 도와주고 싶어 몰래 힘든 일을 해 놓기도 하지요. 자애로운 성품을 가진 오두막집 사람들이라면 자신에게 연민을 느끼고 인간적으로 대하리라 생각한 괴물은 오두막집에 들어갑니다. 하지만 시각 장애인인 드 라세와의 평화는 다른 가족의 등장과 함께 처참히 깨집니다. 괴물의 모습을 본 뒤, 기겁하고 돌아서 떠나 버린 오두막집 사람들을 어떻게 보았나요?

7 괴물은 오두막집 가족과의 일을 겪은 뒤, 프랑켄슈타인에게 돌아가 자신과 같은 여자를 만들어 달라고 요구합니다. 처음에 프랑켄슈타인은 "악행을 저지를 또 하나의 존재"를 만들고 싶지 않다며 거절합니다. 하지만 괴물이 자신도 "다른 존재의

마음에 연민을 불러일으키는 광경을 보고 싶다."(195쪽)라며 청을 들어 달라고 간절히 부탁하자 프랑켄슈타인은 마음이 흔들립니다. 만약 여러분이 프랑켄슈타인이라면 어떤 결정을 할 것 같나요?

☐ 괴물의 요구를 거절하겠다.

☐ 괴물의 요구를 들어주겠다.

데미안

헤르만 헤세 지음, 전영애 옮김, 민음사, 1997

내 안에 숨은 '데미안'을 찾아가는 여정

청소년 필독서라서 누구나 한 번쯤은 접했지만, 끝내지 못한 채 떠나보낸 책들이 있다. 그중 하나가 바로 《데미안》 아닐까? 많은 사람이 이 책을 방황하는 청년기의 굴곡을 보내는 주인공의 삶에서 '나'라는 동굴을 채굴해 가는 이야기라고 생각하지만, 막상 끝까지 읽고 나면 '자신에게 이르는 길'을 찾는 중년의 필독서로 봐도 무리가 없다. 하염없이 곡괭이질을 하며 저 밑바닥까지 내려간 주인공의 모습에서 우리는 나이가 들어도 여전히 방황을 멈추지 못한 자신을 돌아보게 된다.

《데미안》은 부모님과 함께 밝은 세계에서 살던 싱클레어가 크로머에게 괴롭힘을 당하며 어둠의 세계를 접하는 이야기에서 시작된다. 유년의 어둠 속에서 힘들게 버티던 싱클레어는 데미안이 등장하면서 구원을 얻는다. 그때부터 싱클레어는 자신만의 세계를 찾아가는 끝없는 여정을 시작한다. 데미안은 마치 구도자처럼 삶의 철학과 지혜를 마지막 순간까지 나눈다.

헤세는 이 책을 일컬어 "무의미와 혼란, 착란과 꿈의 맛이 난다."라고 했다. 그의 말대로 우리는 《데미안》을 나누는 내내 해몽하듯 많은 이야기를 쏟아 냈다. 누구도 고전을 연구한 전문가는 아니었지만, 문학이 줄 수 있는 최고의 자유, 읽는 자의 '멋대로 해석'을 맘껏 누렸다. 책에서 말하는 데미안은 과연 누구였을까? 어쩌면 그는 싱클레어 내면의 또 다른 싱클레어였을지 모른다. 자신에게 이르는 길은 내 안의 드러나지 않은 구도자를 스스로 깨우는 것 아니겠는가.

몇몇 분은 이 책을 인생 책으로 꼽으며 만점을 주었다. "나는 누구인가?"라는 인간의 근본적인 물음에 답하는 과정에서 자신을 직시하는 데 도움이 되었다는 평이었다. 또한 성장해 가는 자녀를 보며 혼란의 비틀거림을 미리 상상해 보는 동시에, 자신이 지금껏 갈지자걸음으로 지나온 삶의 딜레마를 잘 견뎠다는 위안도 받았다고 했다.

"무엇인가를 절실하게 필요로 하는 사람이 자신에게 정말로 필요한 것을 찾아내면, 그것은 그에게 주어진 우연이 아니라 그 자신이, 그 자신의 욕구와 필요가 그를 거기로 인도한 것이다."라는 말처럼 우리는 우연 같은 필연으로 《데미안》을 손에 쥐게 되었는지도 모른다.

책에서 건진 또 하나의 화두는 자신을 알아 가기 위한 도구를 찾는 일이었다. 오르간 연주자 피스토리우스는 싱클레어에게 철학을 해 보자며 엎드려 누워 불을 응시한다. 싱클레어는 그 불을 들여다보며 "안에 잠재되어 있었지만 사실 한 번도 보살핀 적 없었던 내면의 성향들을 강화하고 확인"한다. 불이 자신을 알아 가기 위한 명상의 도구인 셈인데, 회원들 또한 그런 대상으로 독서, 책모임, 등산, 육아, 글쓰기, 자연, 요가 등 다양한 대답을 내놓았다. 물론 아직 마땅한 도구를 찾지 못했다는 이도 있었다. 내면을 인식하는 불꽃을 가진다는 것은 자신에게 이르는 길 앞에 서 있다는 뜻일지 모른다. 그 불꽃을 꺼트리지 않고 쭉 걸어 나갈 수만 있다면 "나 자신 안에 지니고 있는 힘에 대한 늘어나는 앎"에 기뻐하며 살아갈 수 있을 것이다.

> 새는 알에서 나오려고 투쟁한다. 알은 세계이다. 태어나려는 자는 하나의 세계를 깨뜨려야 한다. 새는 신에게로 날아간다. 그 신의 이름은 압락사스. (123쪽)

싱클레어가 규정한 밝음과 어둠의 세계처럼 우리 삶은 여러 세계의 연속적인 충돌이다. 특히 엄마들은 결혼을 통해 타인이었던 이들과 가족이라는 구조로 묶이면서 '세계의 충돌'을 경험하게 된다. 나아가 결혼과 출산으로 기존의 세계가 깨지면 자신의 허물어진 이전 세계를 돌아보며 슬퍼할 틈도 없이 새로운 세계로 들어간다.

압락사스는 구분 짓는 경계선이 없는 존재, 신이면서 동시에 악마인 존재다. 우리는 하나의 세계를 깨고 한마디로 정의 내릴 수 없는 압락사스라는 세상으로 날아와 살고 있는 것일지도 모른다. 선과 악, 거짓과 진실, 금지와 허용이 뒤섞인 세상에서 '나'라는 존재를 성찰하고 비판적으로 사고하며 살아가려는 것, "내 속에서 솟아 나오려는 것"을 그대로 받아들이는 태도가 '내 안의 데미안'을 찾는 길이다.

함께 나눌 질문들

1 《데미안》은 "자아의 삶을 추구하는 한 젊음의 통과 의례를 기록"(223쪽)한 책입니다. 제1차 세계 대전이 끝난 직후 출판되어 지금은 전 세계에서 읽히는 성장 소설의 고전으로 알려져 있는데요. 여러분은 이 책을 어떻게 읽었습니까?

2 〈두 세계〉에서 주인공 싱클레어는 아버지 집에서 느끼는 세계(밝은 세계)와 그와 반대되는 다른 세계(어두운 세계)를 구분 짓습니다. 하지만 두 세계의 경계는 서로 닿아 있을 정도로 가까웠다고 합니다. 싱클레어는 모든 것이 그렇게 "두 세계가 맞닿아 있으며, 자신이 가장 심하게 그렇다."(12쪽)라고 말하는데요. 여러분은 이 말이 무슨 뜻이라고 생각하나요?

3 여러분이 자기만의 세계에 이름을 붙인다면 어떻게 짓고 싶나요?

4 데미안은 '금지되었다는 것'은 영원한 것이 아니며 시대와 문화에 따라 바뀔 수도 있다고 말합니다. 지금 세상에서 말하는 '허용된 것', '금지된 것'에 그냥 순응하면 삶은 편해지지만 '금지된 것'을 찾아가기 위해 자기 자신 편에 서야 한다고 말합니다. 그렇기에 그는 우리 스스로 "자신에게 금지되어 있는 것이 무엇인지 찾아야 한다."(86쪽)라고 말하는데요. 그렇다면 여러분이 금기시했던 '금지된 것'은 무엇인가요?

5 싱클레어는 자신 속에 있는 사람, 모든 것을 아는 한 사람이 데미안이라고 생각합니다. 어려운 상황이나 혼란이 있을 때 데미안을 그리워하기도 합니다. 또한 싱클레어는 피스토리우스와 나눈 대화들이 "알껍데기를 부수는 일에 도움이 되었다."(143쪽)라고 말합니다. 그렇다면 여러분에게도 데미안과 피스토리우스와 같은 존재가 있나요?

6 싱클레어는 오르간 연주자 피스토리우스 집 벽난로의 '불'을 보면서 기분이 좋았다고 말합니다. 그는 불을 응시하니 "풍요로워지는 느낌과 잠재되어 있었지만 보살핀 적 없었던 내면의

성향들을 강화하고 확인"(140쪽)할 수 있었다고 합니다. 여러분에게도 이런 역할을 해 주는 장소나 물건, 행위가 있나요?

7 지금 여러분은 한 세계를 깨고 나오는 중인가요? 아니면 이미 알을 깨고 나왔나요? 여러분 자신의 꿈, 생각, 예감에 대한 신뢰와 자신의 힘에 대한 앎이 늘어나고 있나요?

> 그사이 나를 내면적으로 키워준 것은 학식이 아니라 오히려 그 반대였다. 기분 좋았던 것은 나 자신 속에서 앞으로 나아감이었다. 나 자신의 꿈, 생각, 예감에 대한 커가는 신뢰였다. 그리고 내가 나 자신 안에 지니고 있는 힘에 대한 늘어나는 앎이었다. (163쪽)

멋진 신세계

올더스 헉슬리 지음, 이덕형 옮김, 문예출판사, 1998

유토피아는 사유하는 내면의 힘에서 시작된다

과학 기술의 발달은 인간 수명을 늘리고 생활을 편리하게 바꿔 주지만, 반드시 유토피아로 이어지는 것은 아니다. 고통 없는 안락한 삶이 인간다움을 보장해 주지는 않기 때문이다. 90년 전에 쓰인 《멋진 신세계》 속 세상이 이를 반증한다. 역설적인 제목으로 디스토피아를 다룬 이 책의 메시지는 한 세기가 지난 지금도 여전히 유효하다.

'멋진 신세계'의 사람들은 항상 행복하다. 시험관에서는 계급과 직업에 최적화된 아이가 배양되고, 가족을 만드는 과정인 결혼, 임신, 출산은 외설적인 개념으로 취급받는다. 자연스러운 노화 대신 예순까지 마치 서른 살과 같은 외모를 유지한다. 책은 어릴 때부터 거부하도록 교육하며 끊임없이 소비를 조장하고, 안정을 최우선 가치로 여겨 늘 행복을 느끼도록 안정제 '소마'를 배포해 준다. 말 그대로 '멋진 신세계'다.

이곳에서 빗겨 나 야만 세계에 살고 있던 존은 이곳의 주민인 버나드와 레니나 덕분에 신세계에 들어가게 된다. 하지만 이곳의 기괴함을 견디지 못한 존은 '불행해질 권리'를 달라고 외치며 결국 신세계를 영원히 떠나 버린다.

문학이 가장 먼저 미래를 내다본다고 했던가. 멋진 신세계 속 영국은 현재와 놀랍도록 유사하다. 인공 수정으로 시험관 아기들이 태어나고, 정자 기증 은행이 생겨나고, 결혼과 임신을 기피하는 사람들이 점점 늘어나 출산율 역시 하락하고 있다. 노화를 감추는 미용 기술은 날로 발전하고 있고, 독자들도 계속 줄고 있다. 소비지상주의에 물든 우리는 소비로 안정과 풍요를 느끼며 산다. 가벼운 자극으로 사람들을 마비시켜 안정만을 추구하며 현실에서 도피하도록 하는 멋진 신세계는 우리 곁으로 부쩍 다가와 있다.

이 세계가 무서운 이유는 '사유의 차단' 때문이다. 갓 태어난 아이들에게 꽃과 책을 거부하게 만드는 과정은 자연과 철학에서 멀어지고 있는 우리 아이들의 모습과 닮아 있다. 충분한 자연 속 자유 놀이와 책 안에서의 사유 놀이를 즐기지 못한 아이들이 자라서 문학을 읽고, 불편한 것을 원한다고 외치는 '존'의 존재를 어떻게 볼까?

존이 바라는 권리에는 많은 책임이 따른다. 멋진 신세계에 없는 중요한 가치가 바로 이것이다. 모든 걸 정부가 통제하고 관리하기 때문에 개인의 욕망이 드러날 여지도, 이에 따른 책임도 애초에 없다. 이 점에서 멋진 신세계는 또 하나의 전체주의인 《1984》의 세계를 닮았다. 작가 마거릿 애트우드가 말한 대로 현 세상은 두 개의 모순되는 디스토피아를 동시에 직면하고 있는 것 같다.

그렇다면 우리는 어떻게 이 세계에서 살아가야 할까? 다행히도 헬름홀츠라는 인물에게서 희망의 불씨가 발견된다. 그는 쾌락의 제국에서 영혼의 독을 먹을 수도 있었지만, 존과 함께 소마를 거부한다. 맹목적 믿음을 깨고 자신이 속한 세계를 비판하고 회의하며 '바보들의 천국'에서 깨어날 수 있었다. 책 속에 나오지 않는 그의 미래가 궁금해진다.

한편 멋진 신세계를 떠난 존은 낡은 등대를 은신처 삼아 혼자 있기를 자처하지만, 얼마 지나지 않아 수많은 구경꾼이 몰려와 묘기 부리는 원숭이 취급을 받는다.

"왜 나를 혼자 내버려 두지 않습니까?" 절박한 존의 마지막 외침은 우리에게 던지는 메시지일지도 모른다. 조건 반사처럼 굳어진 '단결과 화합의 강요'를 벗어나 고독할 자유마저 박탈당한 존.

> 서서히 아주 서서히, 마치 두 개의 느긋한 나침반의 바늘처럼 그 다리는 오른쪽으로 회전했다. 북, 북동, 동, 남동, 남, 남남서. 그러다 다시 몇 초 후에는 전처럼 서서히 왼쪽으로 회전했다. 남남서, 남, 남동, 동……. (328쪽)

자신의 자리를 정확히 알려 줄 나침반이 고장 난 듯 그려진 결말에 씁쓸해지는 것은 지옥과 낙원이 공존하는 곳에서 고장 난 나침반을 들고 있는 우리의 모습도 스쳐 지나가기 때문 아닐까.

《멋진 신세계》 발표 10년 후, 작가 올더스 헉슬리는 자신이 결말을 다시 쓸 수 있다면, 제3의 사회를 만들어 그곳에 존을 보내고 싶다고 했다. 그곳은 어떤 모습일까? 정말 우리가 원하는 세계일까? 그렇다면 우리는 어떤 세계를 원하는 걸까? 어느 세계에 있든 지금 서 있는 내 위치를 정확하게 알려 줄 나침반은 꼭 필요할 것이다.

1 《멋진 신세계》는 과학과 기술의 힘으로 인간의 고통과 갈등, 슬픔이 깨끗이 씻겨 나간 사회를 그려 내고 있습니다. 이 책의 역자는 "20세기 문명이 어디로 치닫는가를 희화적으로 묘사"했으며 "현시점에서 보아도 너무나 현실감이 풍부한 작품"(329쪽)이라고 평했는데요. 여러분은 이 책을 어떻게 읽었나요?

2 멋진 신세계에서는 하층 계급인 델타 계급의 아이들에게 생후 8개월 때 조기 교육의 한 방법으로 꽃과 책을 멀리하도록 조건 반사 학습을 시킵니다. "책과 요란한 소리, 꽃과 전류 쇼크"(30쪽)의 조합을 유아의 의식에 연결하는 것입니다. 그런 조기 학습으로 하층 계급의 인간이 독서와 자연에 대한 애착을 포기하게 만드는데요. 여러분은 이러한 학습의 목적이 무엇이라고 생각하나요?

3 포드 기원 632년 신세계에서는 "개인의 안정 없이는 사회의 안정도 없다!"를 외치며 매일 소마라는 약을 나눠 주고 복용하게 합니다. 사람들은 수면 학습과 여러 장치에도 불구하고 부정적 감정이 생길 때마다 소마를 먹어 안정을 되찾고 행복감을 얻으려고 합니다. 그렇다면 지금 우리 사회에서 '소마'와 비슷한 것은 무엇일까요?

4 버나드는 바다를 보며 레니나에게 "훨씬 더 나다워"지는 기분이 들고 "다른 어떤 완전한 것의 일부가 아니라 자신이 독립된 존재가 된 것 같다."(112쪽)라고 말합니다. 레니나는 이런 그의 말에 무서워하며 비명을 지릅니다. 버나드는 레니나에게 모두가 똑같은 방식이 아니라 그녀만의 방법으로 행복을 원하지 않는지 묻습니다. 그렇다면 여러분은 행복해지는 자신만의 방법이 있나요?

5 현 사회는 부족한 여가를 늘리려는 시도를 계속하고 있습니다. 이미 몇몇 국가와 국내 기업에서는 주 4일 근무를 하고 있습니다. 책에서는 무스타파 몬드가 존에게 하급 노동자의 노

동 시간을 줄여 주지 않는 이유를 말해 줍니다. 그들에게 넉넉한 여유 시간은 불안과 소마 소비량을 증가시킬 뿐이라고 말합니다. 또한 몬드는 "과다한 여가"(285쪽)가 행복의 원천이 아니라 오히려 노동자를 괴롭게 만드는 요소라고 말하는데요. 여러분은 이런 무스타파의 주장을 어떻게 보았나요?

6 버나드와 레니나, 헬름홀츠는 모두 상위 계층의 인물입니다. 그들은 야만인 '존'과의 만남 전후 과정에서 신세계 지배 구조와 체제에 대한 의심과 혼란을 겪습니다. 버나드는 알파 계급으로 배양된 아이였지만, 기술적 결함으로 알파 계급과 어울리지 않는 왜소한 신체를 가지게 됩니다. 그로 인해 계급에서 소외감을 느끼며 신세계를 비판적으로 보기 시작합니다.
헬름홀츠는 버나드와 달리 완벽한 알파 계급의 인물입니다. 그럼에도 신세계 지배 체제에 의심을 품은 버나드, 야만인 존과 어울리고, 소마를 버리기도 합니다.
레니나는 베타 계급의 미모가 뛰어난 인물이지만 버나드와 데이트를 하고 나중에는 야만인 존을 사랑하기도 합니다. 그렇지만 어느 누구도 이곳의 세계관에서 완전히 벗어나지는 못하는데요. 여러분에게 가장 인상 깊었던 인물은 누구인가요?

☐ 버나드

☐ 레니나

☐ 헬름홀츠

7 '불행해질 권리'를 요구한 야만인 존은 총통 무스타파의 실험 대상이 되기를 거부하고 혼자 있을 수 있는 은신처로 떠납니다. 낡은 등대에서 홀로 지내는 존이 자신의 몸에 채찍질하는 모습을 본 사람들이 몰려와 그에게 "우리는 채찍질을 원한다."(324쪽)라고 외칩니다. 급기야 야만인의 행동을 따라 하며 군중들은 서로를 때리는 광란을 보입니다. 여러분은 이들이 왜 이런 행동을 했다고 생각하나요?

8 누구나 한 번쯤 현실적으로 존재하지 않는 유토피아를 그려 보기도 하는데요. 여러분은 어떤 유토피아를 상상해 봤나요?

1984

조지 오웰 지음, 권진아 옮김, 을유문화사, 2012

빅 브라더의 세계에서 현명하게 살아남는 법

우리에게는 이미 40년 전 과거지만, 이 책은 1949년에 출간되었으므로 《1984》의 배경은 과거가 아니라 미래다. 하지만 놀랍게도 빅 브라더가 모든 것을 통제 및 감시하는 전체주의 체제의 사회는 지금 모습과 크게 다르지 않다. 거대 지배 시스템 아래 인간이 어떻게 무너져 가는지 현실감 있게 그려 낸 이 수작은 《멋진 신세계》와 함께 디스토피아적 미래 세계를 그린 대표작으로 꼽힌다.

현 사회에서 CCTV, 촘촘한 인터넷망은 '감시 사회'의 주원인이 되어 서로를 감시하고 통제한다. 위장 경찰 '채링턴'은 우리 주변 아주 가까이에 있다. 지금의 사회는 자신을 노출하는 것이 사회·경제적 이득을 취할 수 있는 빠른 길이 되고 있다. 빅 브라더의 위험성을 두려워하며 아무리 조심하더라도 온라인에 남긴 나의 발자취는 영원히 지워지지 않는다.

소셜 미디어는 새로운 빅 브라더가 되었고, 공공 기관 또한 안전과 편리한 행정 처리를 목적으로 빽빽한 글자가 박힌 개인 정보 수집 및 이용 동의서를 내민다. 거스를 수 없는 시대 흐름이자 안전을 위한 일이라는 것은 안다. 그렇다고 빅 브라더의 위험성을 우려하지 않을 순 없다. 첨단 기술이 발전하는 속도만큼 위험성 역시 빠르게 커지고 있다. 결국 우리는 사생활의 위협과 투명성의 혜택을 동시에 겪으며 살고 있다.

그래서 우리는 《1984》를 읽어야 한다. 빅 브라더에 저항하던 주인공 윈스턴마저 결국 그를 사랑한다고 고백하게 만드는 이 엄청난 세계를 우리는 벗어날 수 있을까? 어떻게 이 세계에서 살아가야 하는 걸까?

《1984》 세계의 주인공 윈스턴은 모든 미디어와 문서를 조작해 거짓 뉴스를 가공해 내보내는 기록국에서 일하고 있다. 계급 사회는 사라지기는커녕 더 뚜렷하다. 공공 이익과 공정, 평등을 위해 중앙 통제 체제는 점점 강화된다. 전국의 모든 아이가 같은 교과과정을 밟고 같은 밥과 반찬을 먹는, 다양성이 소멸된 현실도 생각난다. 빅 브라더 세계에서는 일거수일투족을 감시당한다. 광분 상태가 되어 혐오와 복수심을 절정에 이르게 만드는 "무시무시한 황

홀경"인 2분 증오 시간을 보고 있으면 개인의 분노를 즐기는 악성 댓글과 혐오가 떠오른다.

이런 상황을 한 번에 빠르게 해결할 길은 없다. 그럼에도 일반화보다 다양성을, 신속성보다 신중함을, 정치적 올바름보다 너그러움을 더 바라게 되는 요즘이다. 윈스턴이 말했던 대로 "사람들이 서로 다르면서도 홀로 살지 않는 시대를 향해" 복잡성을 견디며 좀 더 세밀한 포용력을 키우려면 어떻게 해야 할까?

《1984》가 우리에게 던진 질문은 현실이 되었다. 나보다 나를 더 잘 아는 알고리즘에 끌려다니지 않으려면 내 생각을 비판적으로 볼 수 있어야 한다. 시대 흐름에 역행하지 않으면서도 개인의 자유와 보호를 쟁취하기 위해 싸워야 한다. 나는 그런 정책과 제도에 대해 얼마나 알고 있는가? 자녀에게 이런 부분을 얼마나 교육하고 있는가? 회원들과 이런 질문들을 던지면서 자신뿐만 아니라 다음 세대에게 무엇을 전달하고 있는지 되물었다.

개인적으로 가장 소름 끼쳤던 지점은 쥐 고문으로 윈스턴이 빅브라더에 항복하고 마는 순간이었다. 고통스러운 고문과 사랑하는 이(줄리아)를 악용하는 수법도 견뎌 냈는데 고작 쥐에 무너지다니! 본능적인 공포와 두려움을 이용한 고도의 고문으로 한순간에 자신의 이념과 가치가 무너지는 모습을 보면서 두려웠다. 인간의 강한 의지와 비판 의식을 말살시키는 순간은 언제든 찾아올 수 있다. 쥐 고문을 계획한 오브라이언의 말처럼 "몹시 사소한 것"으로 말이다.

나에게는 그게 무엇일지 당하기 직전까지는 알 수 없다. 더 무서운 것은 그런 공포를 느끼지 못한 채 '무지가 힘'이 되는 길을 순순히 걷고 있다는 생각이 들 때다. 지금 나는 깨어 있는 시민, 한 개인으로 살고 있을까?

함께 나눌 질문들

1 《1984》는 《동물농장》을 쓴 조지 오웰의 마지막 소설입니다. 3대 디스토피아 소설(올더스 헉슬리의 《멋진 신세계》, 예브게니 이바노비치 자마찐의 《우리들》, 조지 오웰의 《1984》) 중 한 권인 《멋진 신세계》를 쓴 올더스 헉슬리는 자기 작품보다 이 책이 미래 세계를 더욱 현실적으로 표현했다고 말하기도 했는데요. 여러분은 이 책을 어떻게 읽었나요?

2 《1984》에 나오는 진리부의 기록국에서는 과거에 일어난 사건의 기록을 조작해 매체나 미디어를 마음대로 조종합니다. 일기 쓰기는 위험한 일이고, 증오의 시간을 갖는 것은 의무입니다. 여성의 순결을 강조하고, 정치적 목적을 가진 새말도 있습니다. 어디에나 있는 텔레스크린으로 모두를 지켜보며 감시합니다. 독일 정치학자 제바스티안 하일만이 "중국의 디지털 감시가 이 책의 빅 브라더를 능가하는 수준"이라고 말할 정도로 책의 많은 부분에서 현재와 유사한 점이 나타나는데요. 그렇다면 여러분이 이 책에서 현시대와 닮았다고 느낀 점은 무엇

인가요?

3 형제단에서 읽히는 책 제1장 '무지는 힘이다'에서는 계급 사회를 이렇게 설명합니다. 오랫동안 "세상에는 늘 상·중·하 세 가지 계급의 사람들이 존재해" 왔고 이름만 조금씩 바뀌었을 뿐 "근본적인 구조는 결코 바뀐 적이 없다". 또한 "어떠한 개혁이나 혁명도 인간의 평등을 단 1밀리미터도 증진시키지 못했다."(263~264쪽)

❶ 여러분은 이 문구에 공감하나요?

□ 공감한다.

□ 공감하기 어렵다.

❷ '계급 사회'가 사라지지 않는다면, 다음 세대(자녀)에게 어떻게 살아가라고 말해 주고 싶은가요?

4 윈스턴은 일기장에 "희망이 있다면 그것은 분명 프롤들에게 있다."(96쪽)라고 씁니다. 그는 인구의 86퍼센트를 차지하고 있

는 프롤들이 자신들의 힘을 깨닫는다면 당을 산산조각 낼 수 있다고 생각합니다. 하지만 지금은 프롤들이 "전체적으로 상황을 이해하지 못"하고 "사소한 불평거리에만 연연"(99쪽)하고 있다고 말하기도 합니다.

❶ 여러분은 1984의 세계를 무너뜨릴 힘이 프롤들에게 있다는 윈스턴의 생각에 공감하나요?

☐ 공감한다.

☐ 공감하기 어렵다.

❷ 지금도 존재하는 빅 브라더의 움직임을 '약화시킬 수 있는 힘'은 무엇이라 생각하나요?

5 채링턴 씨 가게에 있는 방에 있을 때 줄리아가 쥐를 발견합니다. 깜짝 놀라는 윈스턴에게 줄리아는 "사방에 널린 게 쥐"(192쪽)라고 말합니다. 윈스턴은 꿈속에서 마주했던 끔찍한 장면에 쥐가 있었기에 "세상에서 제일 끔찍한 게 바로 쥐예요!"라고 말합니다. 이후 윈스턴은 빅 브라더의 감시로 체포와 감금, 온갖 고문을 당하면서도 신념을 버리지 않습니다. 그

러다 오브라이언이 데리고 간 101호실에서 다시 '쥐'를 마주하게 됩니다. 그는 텔레스크린으로 윈스턴이 쥐를 가장 끔찍해한다는 점을 잘 알고 있었는데요. 결국 윈스턴은 자신 말고 사랑하는 줄리아에게 이 짓을 하라고 소리를 지르며, 빅 브라더를 사랑한다고 고백합니다. 여러분에게 '쥐 고문'처럼 신념을 버릴 만한 극한의 상황은 무엇일까요?

6 모든 고문이 끝나고 줄리아와 윈스턴은 재회합니다. 그들은 서로가 서로를 배신했다고 말합니다. 줄리아는 끔찍한 심문 과정에서 한 말이 진심이 아니었다고 스스로를 속일 수는 있지만, 사실 그 말은 진심이었다고 말합니다. "그러고 나면 그 사람에 대한 감정이 이전 같지가 않아요."(383쪽)라는 줄리아의 말에 동의하며 윈스턴은 꼭 다시 만나자고 말합니다. 줄리아도 그러자고 말하며 둘은 헤어집니다. 고문 중에 한 말이 진심이라고 믿으면서도 서로가 다시 만나자고 하는데요. 여러분이 만약 줄리아라면 윈스턴을 다시 만날 것 같나요?

□ 다시 만날 것 같다.

□ 다시 만나지 않을 것 같다.

고전을 읽고 나눈 후에

무지를 깨닫고 미지를 사랑하는 즐거움

책을 왜 읽느냐는 질문에, 해답을 찾기 위해서가 아니라 질문을 얻기 위해서라고 답하곤 했다. 답을 찾기 위해 책을 읽을 때는 서로 다른 답에 혼란스러웠지만, 질문을 얻기 위해 읽으니 나만의 답을 찾는 과정이 흥미로웠다. 그런데 독서모임을 시작하고 나서야 알았다. 나만의 답이 누군가에게 폭력이 될 수 있음을, 알고 있다고 생각했지만 아무것도 모르고 있던 자신을.

"나의 무지를 돌보지 않으면 자신 스스로 회의하지 않는 사람이 되어 뭐든 아는 사람이 된다."(《결: 거칢에 대하여》, 홍세화 지음, 한겨레출판, 2020)

나의 언어가 밀실에 있을 때와 광장에 있을 때는 달라질 수밖에 없다. 둘 다 소중하고 중요하지만, 한곳에서만 나오는 언어는 위험할 수 있다. 가끔 "저 사람 진짜 모르고 하는 소리야?"라고 어이없는 발언에

혀를 내두르지만, 진짜 모르고 말하는 사람이 많다. 나도 마찬가지였다. 아무도 알려 주지 않아서, 비슷한 경험도 한 적이 없어서, 평생 생각이 굳어진 채 살아서 오히려 본인이 당황할 정도로 무지했던 순간들이 있기 마련이다.

독서모임은 나의 언어를 광장으로 끌어올 수 있는 곳이다. 방기했던 무지가 드러나는 곳이다. 당황스럽고, 후회스럽고, 뒤늦게 미안해지고, 자신에게 분노도 생긴다. 왜 이제야 알았을까. '하지만 이제라도 알아서 다행이다.'
그렇게 알아 간다. 나의 지식과 언어가 무해해지는 지점을, 생각이 다른 사람들의 이야기를. 내 행복, 내 건강, 내 가족, 내 돈, 내 권리, 온통 나의 세계에만 집중했던 시선이 무지에 가깝다는 것을 깨닫는 순간 기쁨과 희열, 겸손과 성찰이 교차한다. 아는 것보다 모르는 것을 발견해 가는 과정이야말로 겸손한 공부의 자세가 아닐까.

고전에는 인간이 오랫동안 무지를 격파하고 앎의 자리로 나아간 궤적이 담겨 있다. 미지의 세계를 탐구하다 무지를 깨닫는 반복이 남긴 오랜 이야기들의 메시지는 삶에서 가장 보편적인 질문이다. 그래서 우리는 고전을 읽는다. 수백 년 동안 살아남은 이야기에 감춰진 질문을 찾아내 아직 답하지 못한 미지의 세계로 들어가 나의 무지를 마주한다.

오랜 의문과 반복된 삶을 향한 물음들에 나만의 현답을 찾아 나간다.

내 궤도를 벗어나 다른 이들의 삶을 보기까지 참으로 오랜 시간이 걸렸다. 같은 책을 읽고 다른 생각을 함께 나눌 독서모임이 없었다면 아마 훨씬 더 오래 걸렸을지도 모르겠다.
독서모임은 개인의 사유가 공유되는 하나의 플랫폼이다. 집단 지성의 힘이 발휘된다. 고전이 이런 사유와 만날 때는 더욱 큰 시너지를 일으킨다. 서로의 언어를 조금씩 나눠 먹으며 정신의 포만감을 느낀다.

5장

인문·정치사회

나, 너, 우리로
살아간다는 것

선량한 차별주의자

당신이 집에서 논다는
거짓말

이상한 정상가족

고통은 나눌 수 있는가

우리는 왜
어른이 되지 못하는가

결혼과 육아의 사회학

지그문트 바우만,
소비사회와 교육을 말하다

선량한 차별주의자

김지혜 지음, 창비, 2019

그냥, 사람으로서 살아갈 수 있는 사회를 만들기 위하여

자신과 다른 존재를 대할 때, 대부분의 사람은 낯선 감정을 느끼고 멀리하기 마련이다. 특히 비슷한 사람들끼리 모여 있다 보면, 이런 태도는 점점 강화되고 외부인에 대한 경계가 심해져 적대시하기도 한다. 이것이 바로 차별의 시작이다.

이제는 차별이 부정적이라는 인식이 강해져 타인의 차이점이나 약점을 대놓고 무시하는 일은 크게 줄었다. 그렇다면 우리 사회는 정말 평등해졌을까? 《선량한 차별주의자》는 저자가 처음으로 자신을 '선량한 차별주의자'라고 느꼈던 일화로 시작된다. 혐오 표현에 관한 토론회에 참석한 자리에서 그녀는 '결정 장애'라는 단어를 별생각 없이 내뱉었다. 그 토론회에는 장애인들도 참석하고 있었는데, 그중 한 분이 그 표현에 의문을 제기했다. 저자는 그 순간 "차별당하는 사람은 있는데 차별하는 사람은 잘 보이지 않는다."는 것을 깨닫는다. 차별에 민감하고 오랫동안 공부해 온 자신조차 '선량한 차별주의자'일지 모른다고 고백한다. 우리가 일상적으로 하는 말과 행동에는 스스로도 인식하지 못하는 내재된 차별이 숨어 있다.

지금껏 나는 얼마나 많은 어리석고 무례한 질문을 던졌을까. 사람들은 질문을 받으면 답하는 데 급급해 질문 자체가 옳은지 아닌지는 잘 들여다보지 못한다. 모 국회의원의 동성애를 좋아하냐는 질문은 질문부터 잘못됐다. 하지만 나라고 다를까? 누구든 나와 같은 입장에 놓인 사람이라고 착각해 차별을 내포한 질문을 주고받는 실수가 계속된다. 차별주의에 반대한다면서도 무지와 생각의 게으름으로 그런 발언과 행동을 일삼는다.

스스로 선량한 시민이라고 착각하는 이유는 차별받는 사람들과 마주할 기회를 피하기 때문인지도 모른다. 시행착오를 겪으며 배워 나갈 시도조차 하지 않는 것이다. 차별받는 사람은 눈에 띄지 않는다. "보이지 않는다는 것은 어떤 사람을 소수자로 만드는 중요한 성질 가운데 하나다." 우리가 이런 책들을 읽어 나가야 할 이유는 바로 여기에 있다. 손에 잡히는 것만 보고 듣는다면 이미 무지의 길로 가고 있는 것이다.

누군가는 용어 한 끗 차이로 차별이라고 분노하는 것에 질려 한다. 그런 사소한 일에 신경 쓰는 게 과하다고 말한다. 차별받지 않는 자리에서 차별받는 자들의 고통을 평가한다. 관심을 가진다는 것은 그들의 말을 왜곡하지 않고, 울부짖는 고통의 언어를 조금이라도 이해하려고 노력하는 마음이다. 저자는 묻는다. "불평등한 세상을 유지하기 위한 수고를 계속할 것인가? 아니면 평등한 세상을 만드는 불편함을 견딜 것인가? 세상의 불평등과 차별을 직시할 용기가 있는가?" 이제 우리가 답할 차례다.

이 책을 나눌 때 생각보다 입장 차이가 팽팽했다. 공공의 공간에서 차별은 반대하지만, 가족 중에 차별받는 대상이 있을 때는 어떻게 행동할지 모르겠다는 솔직한 답변이 나왔다. 성 소수자 차별 금지에 관한 논의가 특히 그렇다. 당연히 그들을 차별해서는 안 되지만, 내 아이가 성 소수자가 된다면 못 견딜 것 같다고 말했다. 어쩌면 차별이 난무하는 사회에서 아이가 상처받을까 두려운 부모로서 당연한 마음이다.

그렇기에 차별하지 말아야 한다는 책임 의식을 개인에게만 돌려서는 안 된다. 나와 네가 어떤 사람으로 존재하든 '그냥, 사람'(홍은전 작가의 책 《그냥, 사람》의 제목 인용)으로 존재하고 존중받을 수 있는 사회적 장치도 마련되어야 한다. 사회가 먼저 바뀌어야 하는지, 개인이 먼저 바뀌어야 하는지를 묻다 보면 쉽게 답할 수 없지만, 분명한 점은 사회 구조나 인식도 결국 우리가 만든다는 것이다.

책에서 언급한 미국의 역사를 토대로 법, 문화, 질서, 인식의 변화를 쭉 따라가다 보면 결국 차별은 나아지는 것처럼 보이지만, 선량한 차별주의자는 영원할 것만 같다. 하지만 이 책을 읽고 나눈 많은 사람이 저자의 말처럼 '차별받지 않기 위한 노력'에서 '차별하지 않기 위한 노력'으로 옮기는 일에 평생토록 애쓰며 살 것이라고 희망해 본다.

함께 나눌 질문들

1 책에 따르면 우리는 "여러 가지 이유로 차별을 하기도 하고 받기도 하는 무수한 관계 속에"(210쪽) 있다고 합니다. 그 수많은 복잡한 관계에서 우리는 "불쾌한 감정"(127쪽)을 느끼게 된다고 하는데요. 특정 집단에 대한 혐오감을 어쩔 수 없다고 여기며 마음 가는 대로 행동할 때 불평등이 더욱 깊어진다고 합니다. 그렇다면 한국에서 어떤 집단에 대한 혐오와 불평등이 가장 심하다고 생각하나요?

2 책에 따르면 우리나라의 '차별 금지법'은 2007년 발의 이후 현재까지 제정되지 못하고 있습니다. 내용 중 '성 소수자를 위한 차별' 금지에 반대 여론이 많기 때문입니다. 특히 일부 보수 기독교계는 "성 소수자에 대한 차별이 정당하다."(195쪽)라고 주장합니다. 그렇기에 일각에서는 성 소수자에 관한 내용만 빼고 차별 금지법을 만들어 다른 차별이라도 해소될 수 있게 하자고 주장합니다. 하지만 저자는 "차별 금지법의 기본 목적은 모든 차별을 금지하는 것이기에 고의적으로 '성적 지향'

만 빼고 제정한다는 건, 그 법의 목적을 훼손하는 것일 뿐만 아니라 입법자에 의한 고의적인 차별 행위가 된다."(198쪽)라고 주장합니다. 여러분은 성적 지향을 포함한 차별 금지법 제정에 대해 어떻게 생각하나요?

3 문재인 전 대통령은 후보 시절 방송 토론회에서 한 후보자의 "동성애를 좋아하느냐?"라는 질문에 "동성애를 좋아하지 않는다."라고 답했습니다. 대통령도 한 개인으로서 어떤 사람을 좋아하고 싫어할 수 있지만, 저자에 따르면 방송에서 권력을 가진 사람의 '개인 취향' 표현은 그 소수자를 "공공의 공간 바깥으로 밀어내는 신호"(146쪽)일 수 있다고 하는데요. 여러분은 이런 저자의 생각에 공감하나요?

□ 공감한다.

□ 공감하기 어렵다.

4 책에 따르면 차별이 구조화된 사회에서는 개인이 행하는 차별 역시 "관습적이고 무의식적"(186쪽)으로 이루어지는 경우가 많다고 합니다. 그렇다 보니 차별의 말이나 행동을 인식하

지 못할 때가 있다고 합니다. 저자 또한 장애인들이 참석한 토론회에서 '결정 장애'라는 말을 하기도 했는데요, 그렇다면 '결정 장애'라는 말처럼 관습적이고 무의식적인 차별의 말과 행동으로 떠오르는 것이 있나요?

5 저자는 프롤로그에서 밝혔듯이 "미국의 역사와 연구 이야기"(13쪽)를 많이 다룹니다. 미국의 인종 차별과 종교 교리에 따른 성차별이 세월과 지역에 따라 바뀌어 가는 과정을 보여주고 있습니다. 우리나라는 아직 차별 금지법이 제정되지 않았지만, 미국처럼 시간이 지날수록 개선되고 있는 부분들도 있는데요. 그렇다면 여러분이 현 '한국의 평등 상태'에 점수를 매긴다면 몇 점일까요?(100점 기준으로)

6 저자는 자신조차 선량한 차별주의자였다고 고백합니다. 여러분은 이 책을 읽으면서 자신도 선량한 차별주의자라고 느낀 부분이 있었나요? 있다면 어느 부분이었나요?

당신이 집에서 논다는 거짓말

정아은 지음, 천년의상상, 2020

나의 가사 노동 가치는 얼마로 매길 수 있을까?

전업주부로서 집에서 논다는 말을 한 번도 듣지 않은 사람이 얼마나 될까? “어떤 일 하세요?”라는 물음에 자신 있게 “주부예요.”라고 답하지 못했던 순간이 있다. 전업주부라는 말에 담긴 의미와 가치를 스스로 폄하했다. 살림과 돌봄을 ‘노동’으로 가치 전환하지 못했다. 누군가 나에게 ‘집에서 노는 여자’라고 말하면 싫으면서도, ‘노는 게 아니다’를 말할 언어가 부족했다.

집안일과 육아를 삶과 일상을 세우는 가치 있는 일로 여기는 시선을 충분히 느껴 보지 못했다. 살림과 육아의 강압적이고 희생적인 요구 앞에서 적성이나 호불호에 따른 선택권을 말하기는 아직도 어렵다. 살림은 고도의 일머리와 육체노동이, 육아는 인문학적

소양과 감정 노동이 요구된다. 이것이 노동과 일로 여겨졌을 때 합당한 권리와 휴식을 당당히 가질 수 있다. 그럼에도 순리와 전통이라는 이름으로 강압하는 이들이 여전하다. 뿌리 깊이 박힌 주부의 노동에 대한 고정 관념과 관습을 깨기 쉽지 않다.

이 책은 그런 오랜 가부장제와 살림 노동에 대한 폄하를 고전부터 최근 출간된 에세이까지 다양한 책들을 보여 주며 밝히고 있다. 또한 서양의 남성 우월주의 문화 속에서 꽃피운 여러 학문까지 파고든다. 《자본론》을 언급하며 주부의 노동이 자본주의 경제에서 어떤 기여를 했는지는 고려하지 않았다고 밝힌다. 여자는 집안일(육아, 가사), 남자는 바깥일(직장)과 같은 성별 분업화는 자본주의 사회의 효율성을 극대화하는 필수 조건이었다. 남성도 자본주의 체제에서 자신의 능력을 다양하게 쓰는 기쁨을 느껴 보지 못한 채 한 가지 역할에만 모든 에너지를 과도하게 쏟아부어야만 했다고 전한다. 불행은 남자와 여자, 모든 노동자에게 돌아갔다.

> 가사 노동을 노동이 아닌 여성의 '천성'으로 만들면 가사 노동을 하는 이에게 돈을 지불할 필요가 없어지고, 자신을 위해 수많은 종류의 가사 노동을 하면서도 돈은 한 푼도 받지 못하는 존재를 곁에 둔 남성 노동자는 그 존재를 먹여 살려

야 한다는 부담감 때문에 아무리 적은 임금을 받아도, 아무리 심한 인격적 모독을 받아도 회사를 그만두지 못한다. 그러니 가족이라는 제도는 자본주의 체제의 유지에 얼마나 신박하고 기특한 존재인가! (186~187쪽)

독서모임 회원들은 이 책을 통해 자신의 처지와 상황을 좀 더 객관적으로 바라볼 수 있었다고 말했다. 또한 자신의 어려움이 어떤 한 사람(대부분은 남편일 것이다.)의 조력 여부에만 있지 않다는 것도 알게 됐다. 원인을 알았으므로 해결책도 쉽게 나오면 좋으련만 현실은 그렇지 않다. "나의 돌봄 노동으로 네가 일할 수 있다."라는 말로 단번에 해결되지 않는다. 그렇다면 어떻게 해야 할까? 독서와 대화로 자신의 언어를 가지려 노력하며, 노동에 대한 자신만의 명확한 욕구와 한계를 알아 가야 한다.

살림과 돌봄 노동의 환경과 강도는 개인마다 다를 것이다. 자신이 즐겁게 해낼 수 있는 노동과 가치의 정도를 찾아야 한다. 더불어 사회는 돌봄과 가사의 가치를 높여 주는 확고한 제도를 만들어 가야 한다(그렇다고 돈으로 모든 것을 해결하려는 정치인들을 보고 있자면 씁쓸해진다. 돈이면 다 된다는 자본주의적 사고는 여전하다). 사회 인식 변화를 위한 운동과 제도가 뒷받침되어야 한다. 주부인 우리도 내 가족의 위안만 챙기는 범위를 넘어, 작가가 말한

대로 "끊임없이 새로운 사물과 사람을 만나면서 내면을 환기"시켜 "편협하고 정체된 인격"을 가지지 않도록 노력해 보자. 대단히 거창할 필요는 없다. 이런 책을 읽고 나누는 노력이 첫걸음이지 않을까.

1 《당신이 집에서 논다는 거짓말》은 열다섯 권의 책으로 전업 주부에게 '집에서 논다'는 말이 나올 수밖에 없었던 사회 문화적 배경을 파헤치면서 그들의 살림, 육아 노동을 다양한 관점으로 볼 수 있게 도와주는 책입니다. 여러분은 이 책을 어떻게 읽었나요?

2 책에 따르면 '주부'라 불리는 이들은 집에서 갖가지 노동을 하면서도 불시에 날아오는 '집에서 논다'는 말의 공격을 받는다고 합니다. 그 말을 들은 사람은 "서서히 자신이 행한 일을 비하하고, 종내는 그 일을 행했던 자신을 깎아내리게 된다."(8쪽)라고 하는데요. 여러분도 비슷한 경험을 겪었나요?

3 《여자에게 일이란 무엇인가》라는 책에 따르면 여성이 육아로 직장을 그만두는 선택은 '경제적 의존'을 불러오고, "경제적 요인을 간과한 행동"(53쪽)이라고 말합니다. 저자는 지금의 상황과 상관없이 장기적 미래 관점으로 한 사람(남편) 혼자 생계를 부양하는 건 위험할 수 있다고 말합니다. 또한 여성이 일을 지속하는 건 "민주적인 가정 분위기 조성에도 도움"(55쪽)이 된다고 말합니다. 여러분은 결혼한 여성의 일에 대해 어떻게 생각하나요?

4 저자에 따르면 "자본주의 체제 유지에 가족이라는 제도는 기특한 존재"라고 합니다. "가족과 그에 따른 성별 분업 제도가 남녀를 각기 다른 영역에 배치하고 절대로 벗어나지 못하게"(187쪽) 함으로써 두 성별 모두 노동을 지속하게 만든다고 합니다. 여성의 가사 노동은 봉사나 사랑의 행위가 되고, 남성의 노동은 부담감으로 그만두기 힘든 일이 된다고 합니다.

❶ 이렇게 "여성의 그림자 노동으로 이익을 본 것은 자본과 국가이므로 국가가 가사 노동에 대한 임금을 지불해 줘야 한다."(189쪽)라는 실비아 페데리치 작가의 주장을 어

떻게 보았나요?

❷ 저자는 가사 노동에 대한 임금 지불 방식 중 이미 현실에서 간접적으로 임금을 지불하고 있는 제도들을 소개합니다. 결국 "복지 제도가 여성의 무보수 노동에 가치를 부여하는 또 다른 방식"(190쪽)이라고 말하는데요. 그렇다면 여러분이 새롭게 도입되길 바라는 제도가 있나요?

1. 이혼 재산 분할 시 가사 노동의 가치 인정, 재산의 절반 소유
2. 노동자 퇴직 후 연금의 청구권을 아내가 소유
3. 아이 동반 시 대중교통 요금 면제, 공공시설 입장료 할인
4. 마을의 가사 노동자들의 협동조합(국가 공유재 사용)

5 《보이지 않는 가슴》의 저자 낸시 폴브레는 아이를 "공공재"(103쪽)로 봐야 한다고 말합니다. 아이의 능력과 자질로 사회 구성원이 이득을 보거나 해악을 겪기 때문입니다. 그러므로 사회는 부모의 노력을 인정하고 보상해야 하며, 부모 역할

이 미흡한 부분을 채워 줘서 아이를 공공재로 키워야 한다고 말합니다. 여러분은 이런 저자의 생각에 공감하나요?

☐ 공감한다.

☐ 공감하기 어렵다.

6 저자는 국수를 만들어 노숙자에게 나눠 준 이야기를 쓴 《민들레 국수집》의 서영남 신부를 보며 왜 자신은 가족의 안위만 생각하며 살았는지 의문이 떠올랐다고 합니다. 같은 행위(요리)를 해도 남성은 공적 영역에서 활약하지만, 왜 여성은 사적 영역에서만 머물고 있는지를 묻습니다. 그에 대한 답으로 여성이 가까운 극소수 사람들(가정)의 안위만 떠맡도록 강제된 사회(《소모되는 남자》, 로이 F. 바우마이스터, 시그마북스, 2015)를 지적합니다. 저자에 따르면 주부는 우선순위를 집 안과 밖의 어떤 쪽에 두든 이기적인 사람으로 매도당한다며 "주부라는 존재의 딜레마"(232쪽)를 겪고 있다고 하는데요. 여러분은 이 부분을 보며 어떤 생각이 떠올랐나요?

7 책에서는 국가가 복지 정책으로 해결했어야 할 많은 부분을 가족에게 떠넘겼다고 말합니다. 가족이 똘똘 뭉쳐 모든 걸 해결해야만 하는 가족별 생존주의는 가족 모두를 고통스럽게 하고 사회로부터 고립시킨다고 합니다. 저자는 성별이 다른 사람과 결혼해 가족이라는 이름으로 주어지는 과도한 책임과 가족 내부의 압박감을 감소시킬 대안으로 '시민 결합 제도'를 제시합니다. 저자는 이것이 "자연적이고, 우연적인 요소보다 인간의 노력과 의지에 힘을 실어"(243쪽) 줄 것이라고 말합니다. 한국에서도 비슷한 '생활 동반자법'에 대한 논의가 계속되고 있는데요. 여러분은 생활 동반자 제도 도입에 대해 어떻게 생각하나요?

- 시민 결합 제도: 결혼으로 맺어진 가족 관계가 아니어도 2인 이상 거주하고 있는 경우 기존 법적 가족 복지 혜택을 동일하게 부여하는 제도
- 생활 동반자 제도: 이성애 혼인 여부와 관계없이 돌봄, 생계, 부양을 함께하는 관계를 생활 동반자 관계로 공식 인정하고 법·제도상 가족에게 부여하는 자격과 권리를 주는 제도. 미국, 영국 등 여러 선진국에서 이미 도입했으나, 한국은 2014년 법안 마련 후 논의 중

□ 빠른 도입이 필요하다.

□ 필요하지만 아직은 사회적 합의가 필요하다.

□ 도입을 반대한다.

8 저자는 〈글을 닫으며〉 말미에 남녀 모두 자본주의가 빼앗아 간 고귀한 기회를 되찾아 와야 한다고 말합니다. 바로 살림과 육아라는 생의 축제에 대한 지분을 남녀가 합심해 고르게 재분배해야 '집에서 논다'는 오랜 거짓말이 사라질 거라고 합니다.

❶ 여러분은 이 책을 읽고 나누며 '살림과 육아 노동'에 대한 생각이 어떻게 바뀌었나요?

❷ 자신이 바라는 가사 노동과 돌봄 노동은 구체적으로 어느 정도인가요?

이상한 정상가족

김희경 지음, 동아시아, 2017

정상성이라는 비정상적인 거짓말

이 책은 정상처럼 보이는 가정에서 비정상적인 행위들이 일어나는 한국 가정의 민낯을 보여 준다. 가족 안에서 일어나는 일은 가족이 알아서 처리해야만 하는 나라. 가족의 일이니 다른 사람은 상관하지 말라는 말에 공권력도 물러나는 사회. 때리지만 않으면 된다고 착각하며 아이를 피폐하게 만드는 부모. 놀 권리를 박탈하고 경쟁을 부추기는 교육 제도. 문제의 본질을 바꾸기보다 성급하게 겉핥기식 정책과 제도만을 만들어 낸 정치권. '이상한 정상 가족'을 만든 한국 사회의 문제점은 도대체 무엇일까?

21세기에도 부모의 폭력으로 죽는 아이들이 있다. 부모들은 아이의 버릇을 고치려고 훈계했을 뿐, 죽을 줄은 몰랐다고 변명한다.

폭력적이고 왜곡된 사랑의 방식은 여전하다. 독서모임에서 체벌에 관한 논의는 의견이 분분했다. 대부분은 가벼운 체벌도 후회하고 다시는 아이를 때리지 않겠다고 다짐했지만, 몇몇은 분노를 담지 않은 '가벼운 체벌'은 훈계에 필요하다고 말했다. 나이, 종교, 교육 정도와는 상관없었다.

하지만 분명 자신의 어릴 적 폭력과는 연관이 있었다. 훈계성 체벌로 자신이 올바르게 컸다는 논리였다. 반면 50대 후반의 한 회원은 이 책을 읽고 30대 초반 딸에게 과거에 자신이 한 체벌에 대해 사과를 하셨단다. 딸이 그 덕분에 올바르게 자랐다고 말했을 때 그분은 딸에게 이렇게 말해 주었다. "네가 그렇게 말하는 게 더 마음 아파. 너는 그렇게 맞지 않아도 올바르게 자랄 수 있었어."

《어린이의 세기》를 쓴 엘렌 케이는 "체벌을 통해 나쁜 습관이나 실수를 그만두게 하는 곳에서 진정한 윤리적 성과는 나타나지 않는다."(《어린이의 세기》, 엘렌 케이, 정혜영 옮김, 지식을 만드는 지식, 2012, 50쪽)라고 말한다. 하지만 개인, 결국 또 가족에게만 책임을 떠맡겨서는 안 된다. 다각도의 사회적 장치가 마련되어야 한다.

1979년 세계 최초로 부모의 체벌을 법으로 금지한 스웨덴의 체벌 금지법이 우리나라에도 마침내 2021년에 도입되었다. 이만큼 오기까지 얼마나 많은 아이가 고통스러워하는 모습을 그저 바라봐야만 했나 싶지만, 앞으로의 행보도 지켜볼 일이다.

'정상 가족' 바깥으로 여겨지는 해외 입양 아동, 미혼모와 그 자녀들, 이주 아동에 대한 차별과 허술한 제도를 다양한 자료로 확인받는 내내 '살기 좋은 우리나라'의 민낯이 투명하게 보였다. 함께 이야기를 나누었던 많은 사람이 이 정도일지는 몰랐다고 놀랄 만큼 우리에게는 겉핥기식 이해와 정보만 있었다. 특히 미혼모가 아이를 시설이나 위탁 가정, 입양 가정에 보낼 때보다 직접 키우려고 할 때 지원비가 턱없이 부족하다는 사실은 꽤 충격적이다.

그 나라의 제도를 보면 사회가 무엇을 중요시하는지 보인다. 제도가 곧 권리의 지표다. 그래서 저자는 책의 마지막에 묻는다. "언제까지 공감 능력만 극대화할 것인가?" 우리는 고통받는 자들을 보며 감정적으로 공감한다. 하지만 딱 거기까지다. 이는 채널을 돌리듯 아주 잠시 머무는 감정일 때가 많다. 저자는 공감의 극대화를 넘어 이성적으로 그 고통을 멈출 정책과 규범을 만들어야 한다고 주장한다. 이제는 "감정 이입의 확대보다 권리의 범위 확대가 더 중요하다."라고 강조한다. 그래서일까. 저자의 마지막 문장은 이렇다. "우리의 폭을 넓히려는 교육이 공교육에 제도적으로 포함되어야 하고, 〈차별 금지법〉, 〈이주 아동 권리 보장 기본법〉을 제정해야 한다." 이렇게 명확한 목표를 결말로 남긴 책을 오랜만에 본다. 자, 이 책을 읽고 나눈 우리는 공감이 공감으로 끝나지 않고 정책과 제도가 되기 위해 무엇을 함께하면 좋을까?

함께 나눌 질문들

1 《이상한 정상가족》의 저자는 한국만큼 '모든 사회 문제는 가족 문제'라는 말이 잘 들어맞는 곳도 없을 것이라고 말합니다. 지금까지 우리 사회는 공공의 역할까지 가족에게 떠넘겼고, 가족 바깥의 사람들에 대한 배척이 일상화되었습니다. 저자는 그로 인한 가족 해체보다 가부장적 질서를 근간으로 한 '완강한 가족주의'가 더 큰 문제라고 보고 아동 폭력과 체벌, 미혼모, 입양, 다문화 가정의 차별과 허술한 시스템 등 여러 문제를 책에서 다루고 있습니다. 여러분은 한국 사회가 정상가족에 집착한다는 저자의 의견을 어떻게 생각하나요?

2 〈유엔 아동 권리 협약〉에 따르면 "체벌의 범위는 몸에만 국한되지 않는다."(47쪽)라고 합니다. 아주 가벼운 물리적 폭력과 더불어 무시하기, 창피 주기, 비난하기 등 비신체적 체벌 또한 폭력의 범위에 들어간다고 하는데요.

무시하기 | 창피 주기 | 비난하기 | 책임 전가하기 | 협박하기 | 겁주기 | 조롱하기

❶ 여러분은 이런 비신체적 폭력 범위들을 어떻게 보았나요?

❷ 많은 부모와 선생님을 포함한 어른들이 아이들에게 자주 저지르게 되는 폭력적인 말은 무엇이라고 생각하나요?

3 최초로 부모 체벌 금지법을 시행(1979년)한 스웨덴도 사랑의 매를 당연시하던 때가 있었다고 합니다. 1960년대에는 스웨덴 부모의 90퍼센트가 아이를 체벌한 적이 있다고 응답했지만, 법이 제정되고 40여 년이 지난 지금은 10퍼센트로 크게 줄었습니다. 이 책이 출간된 2017년(개정 증보판 2022년 출간)까지도 우리나라의 '체벌 금지법'은 국회 본회의를 통과하지 못하다가, 최근 몇몇 아동 학대 사건으로 많은 관심을 받으면서 친권자의 자녀 징계권 조항을 삭제한 민법 제915조 개정안이 의결(2021년 1월 8일)되었습니다.

❶ 이제 한국은 세계에서 62번째로 '아동 체벌 금지 국가'가 되었는데요. 이 법이 국내 가정과 사회에 어떤 영향을 끼칠 것이라고 보나요?

❷ 새롭게 제정된 〈아동 체벌 금지법〉이 스웨덴의 경우처럼 아동 폭력 감소에 효과가 클 것 같나요?

□ 효과가 클 것 같다.

□ 효과가 크게 없을 것 같다.

4 저자는 자녀 수가 줄어든 요즘에도 교육을 중심으로 한 "부모의 희생과 헌신, 자녀의 보답"(183쪽)을 아름다운 관계로 바라보는 오래된 가족주의의 경향이 여전하며, 이런 관계는 아이들에게 부채 의식을 갖게 하고 행복하지 못하게 한다고 말합니다. 저자에 따르면 한국의 가족은 기괴할 정도로 자녀 교육에 운명을 걸고, 시행착오를 미리 차단하는 부모들 때문에 아이들이 스스로 결정하고 행동하는 능력을 잃어버린 어른이 되어 가고 있다고 하는데요. 여러분은 요즘 아이들이 주체성을 잃어 간다고 생각하나요?

☐ 그런 것 같다.

☐ 그렇지는 않은 것 같다.

5 책에서는 '한국에서 비정상 가족으로 산다는 것'에 관한 주제로 소위 가족 바깥에 있는 미혼모에 대한 허술한 제도와 지원, 과거의 잘못된 해외 입양 절차와 사후 관리, 다문화 가정에 대한 차별 등도 다루고 있습니다. 여러분에게 가장 인상 깊었던 부분은 무엇인가요?

☐ 미혼모와 자녀에 관련된 불합리한 제도와 사회 인식

☐ 해외 입양, 국내 입양의 허술한 사후 관리와 절차

☐ 이주 아동과 이주자에 대한 차별과 미흡한 제도

6 저자는 "감정 이입의 확대보다 권리의 범위 확대가 더 중요하다."(256쪽)라고 말합니다. 공감 능력 확대는 저절로 이뤄지는 것이 아니고 어렵게 익혀야 한다고 말하며, '감성이 아니라 이성을 발휘'해야 한다고 말하는데요. 차별과 배제의 문제를 극복하기 위한 처방으로 '공감 능력 향상'이 거론되지만, 공감을 실천하는 모습은 좀처럼 찾기 힘들다고 합니다.

❶ 그렇다면 우리는 왜 공감을 실천하기 힘들까요?

❷ 이 책을 읽고 감정 이입의 확대를 넘어 공감을 '실천'하고 싶은 분야가 있나요?

- 〈생활 동반자 관계에 대한 법률〉, 〈차별 금지법〉, 〈이주 아동 권리 보장 기본법〉, 〈부모 체벌 금지법〉 등 여러 제도와 법에 관한 관심과 지지 활동
- 자원봉사
- 특정 기관 기부
- 다양한 사회 비평서 읽고 공부하기
- 기타

고통은 나눌 수 있는가

엄기호 지음, 나무연필, 2018

언어를 만들고 곁을 두어 고통을 덜어 내는 일

여기 세 친구가 있다. 이들은 모두 남편과의 불화로 많이 힘들어 한다. 친구 A는 불화의 원인이 모두 남편에게 있다고 말한다. 친구 B는 남편이 폐쇄적인 기업 문화로 일이 지나치게 많아 귀가가 늦어지므로, 이런 분위기를 조성한 한국 사회에 문제가 있다고 지적한다. 친구 C는 남편과의 갈등으로 힘은 들지만, 자신을 더 잘 들여다보게 되었다고 말한다. A는 고통에서 벗어나기 위해 종교에 심취했고, B는 사회 정치 분야에 관심이 생겼으며, C는 심리학 공부를 시작했다.

삶에는 끊임없이 고통이 따라온다. 하지만 한국 사회에서는 고통을 말하는 일이 나약함으로 여겨져 금기시되었다. 《고통은 나눌 수 있는가》는 이러한 '고통'의 문제를 정면으로 바라보며 고통을 해결하는 언어에 관해 설명한다. 저자에 따르면 사람들은 고통받는 동안 각자의 '주문'으로 이를 이해하고 벗어나려 한다. 하지만 "주문은 말하고 싶은 것을 다 말한 것처럼 위장"하고 결국에는 "고통에 대해 무엇을 말할 수 있는지를 사고할 수 없게 된다." 앞서 살펴본 사례에서 친구 A의 주문은 종교, B는 사회 구조, C는 심리학이었다. 저자는 고통의 언어가 한 가지일 때 위험하다고 말한다. 그러나 우리에게는 여전히 자신의 고통을 말할 언어가 부족하다.

어떤 현상이나 감정을 이해할 때 여러 관점과 시각이 있어야 '헛된 분노'를 멈출 수 있다. 고통을 말할 수 없는 상태와 고통을 악용하는 사회 안에서 고통을 이해하는 다양한 언어가 필요하다. 함께 책을 읽으며 가장 좋았던 점 역시 책으로 알게 된 고통의 언어를 빌려 자신들만의 이야기를 나눈 것이었다. 누구를 향한, 무엇에 대한 분노인지 모른 채 헛도는 마음은 나를 불안에 매몰시키고, 결국 나를 다치게 한다. 고통의 원인을 애매한 개인에게만 돌리는 것은 더 심각한 문제를 야기하기도 한다. 내 안의 고통과 분노에 대한 정확한 언어와 해석은 분명 나를 덜 고통스럽게 한다. 그러기 위해 우리에게는 읽고 쓰고 나누는 삶이 필요하다.

엄기호 작가는 우리의 내면을 잘 들여다보려면 '안'이라는 경계를 만들어 줄 '바깥'이 필요하다고 한다. 바깥에 눈을 돌릴 때 자신에 관해 생각할 수 있으며, '자기에게 집중하라'는 말은 내면으로 함몰되라는 게 아니라 바깥에서 자신을 바라보라는 것이라고 말한다. 그는 바깥을 만드는 일로 '쓰기와 산책'을 권한다. 쓰기와 산책은 어디에서나 쉽게 할 수 있으면서도 잘 하지 않는 일들이다. 걷기는 고통이라는 동굴에서 나와 다채로운 배경을 보게 하는 작고 큰 도약이다. 글쓰기는 나 자신과 거리를 두고 말을 건네는 행동이자 내면을 들여다보는 가장 오래된 방법이기도 하다.

어떤 독서모임 회원은 저자가 실제로 고통을 겪어 보지 않은 것 같다고 말한 반면에, 이 책 덕분에 자신과 타인의 고통에 관해, 고통을 악용하는 사회에 관해 잘 이해할 수 있게 됐다는 분도 있었다. 단 한 권의 책과 토론으로 고통을 나눌 수 있는지에 대해서는 쉽게 답할 수 없다. 그렇기에 나는 "고통이 나눠지길 바라는가?"로 묻고 싶다. 고통을 말할 수 없을 때 내 곁에서 내 고통의 언어를 알아보려는 이들을 발견하고 감사하는 사람이 되고 싶다. 스스로도 내 고통을 관찰하고 곁을 바라보려는 노력을 할 것이다. 타인의 고통을 오히려 두려워하며 모른 체하는 사람이고 싶지 않다. 고통이 나눠지는 순간이 있으리라 믿으며 고통의 정도를 재지 않고, 고통의 언어를 발견하고, 나와 타인의 고통을 직시하려 애쓰고 싶다.

함께 나눌 질문들

1 **〈1부 고통의 지층들〉** 1부에는 고통을 겪고 있는 여러 인물이 나옵니다. 남편과의 불화로 고통스러운 선아는 집단 상담과 심리학에서의 '분리'를 통해 '내면적 언어'로 자신의 고통을 말합니다. 재희 어머니는 강한 생활력과 자기 확신으로 살아온 중산층이지만, 나이가 든 후 노인성 질환으로 고통스러워하며 남을 원망하고 소리를 지릅니다. 덕룡 아버지는 불교 신자에 지식인이지만, 아내의 죽음에 고통스러워하다 사이비 종교의 '주문'으로 고통을 이겨 내려 합니다. 용산 철거민 대책 위원회 위원장이었던 이충연은 용산 참사의 고통을 철저하게 사회적 측면(80쪽)으로 효용되는 말로, 교사인 태석은 처참한 교육 현장에서 겪는 고통을 '사회적 언어'로 말합니다.

❶ 여러분은 이들 중 어떤 인물이 가장 인상 깊었나요?

☐ 선아

☐ 재희 어머니

☐ 덕룡 아버지

☐ 이충연

☐ 태석

❷ 나와 가장 비슷한 고통의 언어를 사용한 인물은 누구였나요?

2 **〈2부 고통의 사회학〉** 저자는 사회가 고통받는 자의 비참함에만 주목하고 전시함으로써 고통을 정치와 경제로 만들었다고 말합니다. 더 나아가 이들에게 피해자 됨과 비참함을 강조하는 방식으로 고통을 주목시켜 파는 포맷을 만들었다고 합니다. "고통스러운 기억과 경험을 파는 TV 프로그램과 같은 플랫폼들이 고통의 본질보다 고통의 강도를 높이길 '용기'라는 말로 부추기고 있다."(149쪽)라고 하는데요.

❶ 여러분은 이런 현상을 어떻게 보았나요?

> 고통으로 관심을 끌려고 하는 사람이 먼저 나타난 것이 아니라, 이런 이야기가 다른 사람의 관심을 끌 수 있다는 것을 존재감 상실에 허덕이는 사람들에게 속삭이는 산업과 시장이 먼저 나타났다. 고통스러운 기

억과 경험을 파는 TV 프로그램들이 생겨났고 사람들이 거기에 반응을 보인다는 것에 산업과 시장이 주목했다. '스토리텔링'이라는 이름으로 늘 새로운 이야기를 팔아먹는 것을 통해 돈을 버는 이들이 '감동 사연'을 넘어 팔아먹을 수 있는 또 다른 상품으로 주목한 것이 바로 '고통'이다. (147~148쪽)

❷ 여러 공영 방송과 개인 방송, SNS에서 '고통스러운 기억과 경험을 파는' 프로그램과 영상들이 계속 만들어지고 있는데요. 어떤 프로그램과 영상이 떠오르나요?

3 **〈2부 고통의 사회학〉** 저자는 '관종'들이 대중 앞에서 누군가를 발가벗기고 망신을 주는 것을 노린다고 말합니다. 그들은 도덕적 정당성이라는 미명 아래 위선을 까발리고, 망신을 주는 형태로 폭로하고, 언론을 통해 퍼트립니다. 저자는 "망명가들의 몰락을 즐기는 행위는 타인의 고통을 땔감 삼아 자신의 기분을 고양하는 것"(189쪽)이라 말합니다. 관종들은 어떤 사건의 '맥락'보다 추악함이 드러나는 '팩트' 자체에 집중하면서,

그들이 하는 "의도적인 위악이 위선보다 도덕적으로 정당하다 생각한다."(193쪽)라고 합니다. 결국 신상을 폭로하고 망신 주는 일이 '정의'라는 이름으로 자행되고 있는데요.

❶ 요즘 들어 이런 행위가 왜 자주 일어난다고 생각하나요?

❷ 최근에 일어난 사건 중 비슷한 일은 무엇이 있을까요?

4 **〈3부 고통의 윤리학〉** 저자가 말하길, 고통에 관해 말할 수 있는 자리는 당사자가 아니라 당사자의 '곁'이라고 합니다.(233쪽) 그 '곁'의 자리로 옮겨 오는 방법으로 두 가지를 언급하는데 첫 번째는 글을 읽고 쓰는 삶입니다. 그는 글을 쓰면서 자신의 내면세계에 '자기의 복수성'을 구축할 수 있다(238쪽)고 말합니다. 두 번째는 산책입니다. 그는 고통을 겪는 자와 '걸으며 대화'하는 방식으로 '즉각' 반응하고 판단해야 하는 고통의 '지금 당장'으로부터 벗어날 수 있다고 합니다.

당사자가 자신의 고통에 관해 말하기 위해서는 당사자의 위치에서 나와야 한다. 고통이 아니라 이 말을 하는 자리다. 따라서 고통의 당사자가 자신의 곁에 서는 것, 그것이 당사자가 자신의 고통에 관해 말을 할 수 있는 자리가 된다. 말은 곁의 자리에서 만들어진다.(234쪽)

❶ 여러분은 저자가 말한 두 방법(글쓰기, 산책)을 어떻게 보았나요?

❷ 여러분에게 고통의 곁에 설 수 있게 만들어 주는 방법이 있나요?

우리는 왜 어른이 되지 못하는가

파울 페르하에허 지음, 이승욱·이효원·송예슬 옮김, 반비, 2020

무너진 권위를 다시 세우며 아이를 키운다는 것

엄마라는 존재에게 가장 큰 고민은 육아와 교육이다. 사회 모든 분야에서 우울감과 패배 의식이 높아지고, 번아웃이 일상화된 공간에서 부모가 아이에게 해 줄 수 있는 역할은 제한적인 것처럼 보인다. 《우리는 왜 어른이 되지 못하는가》는 임상 심리학자이자 정신 분석학자인 저자가 갈수록 나빠지는 육아와 교육, 정치 문제를 심리학을 비롯해 사회, 철학, 역사 등 다양한 관점에서 해석한 책이다. 부제는 "일, 육아, 교육이 갈수록 어려워지는 이유"다. 권력과 권위의 개념과 차이, 전통적·가부장적 권위가 무너지면서 생겨난 현상과 결과를 다각도로 보여 주며 대안으로 수평적·집단적 권위를 가져야 한다고 주장한다.

이 책은 크게 세 가지로 의미가 있다. 첫째, 권위에 관한 고정 관념을 깨 준다. 권위 의식이 부정적인 말로 남은 요즘이지만, 저자는 어른이 되지 못하는 이유를 권위가 없기 때문이라고 지적한다. 다만 가부장적이고 권력을 지향하는 잘못된 권위가 무엇인지 짚어 주며 이 시대에 맞는 새로운 권위를 제시하고 있다.

둘째, 바른 부모상과 육아의 방향, 교육과 연결된 경제·정치를 거시적인 관점으로 보여 준다. 나만 잘한다고 바뀌지 않는 이유는 정말 나와 내 아이에게만 집중하고 있기 때문이다. 집단의 권위, 연대하는 공동체, 숙고하며 나아가는 민주적 관계와 정책이 얼마나 중요한지 깨닫게 해 준다.

셋째, 우리가 당면한 문제가 세계적이라는 점을 알려 준다. 유럽의 현상도 우리와 다르지 않다는 점을 보며 한국만의 고질적인 문제라고 생각했던 것들이 보편적이라는 사실을 알게 된다. 그렇다면 원인도 보편적이고, 해결 방안도 근본적인 것에 가깝지 않을까.

특히 인상적이었던 내용은 양육법에 관한 것이었다. 기존 육아서에서는 '부드러운 육아'를 주로 강조하지만, 이 책에서는 부모와 교사의 무너진 권위 회복을 중요하게 보았다. 또한 육아가 가정뿐 아니라 어린이집, 유치원, 학교 등 돌봄 기관에 분산된 구조에서는 '공동의 권위'와 그에 응당한 책임을 나눠야 한다는 조언도 공감되었다. 아이가 잘못을 저지르면 엄마나 주 양육자에게 책임을 묻는데, 이를 개인의 책임으로 돌려서는 안 된다는 것이다. 해결할 때도 마찬가지다. 학교나 부모가 마지막 해결책인 듯 심리 치료소로 아이를 쉽게 데려가기보다는 아이 주변의 어른들이 같은 책임감으로 함께 해결해 나가야 한다고 주장한다.

그렇지만 무엇보다 이 모든 것을 실천하기 위해서는 오랜 인내와 관심, 타협의 과정이 필요하다. 이 애매하고도 적당해 보이는 해결책에 맥이 빠지기도 한다. 독서모임에 참여한 엄마들 역시 저자의 생각에 공감하지만, 현실에서는 수평적 집단을 만드는 과정이 쉽지 않다고 했다. 자신과 아이의 치부를 드러내며 문제를 모두와 공유할 수 있을지도 의문이고, 그런 시도가 오히려 관계를 악화하는 사례도 있었다고 고백했다.

결국 책에서도 시스템과 구조를 바꿔야 한다는 막연한 대안을 제시했다. 하지만 우리는 이미 알고 있다. 이 사회에서 육아와 교육에 하나의 답이 정해져 있지 않다는 것을. 문제점을 알고 그것에 공감했다면 해결과 대안은 큰 틀에서 맥락에 맞춰 스스로 만들어 내야 한다. 누군가 방향은 제시해 줄 수 있지만 어디까지 갈지, 어디로 갈지는 우리 몫이다. 그 지점을 자신에게 질문해야 저자가 말한 '숙의 민주주의'에 한 걸음 다가갈 수 있다.

함께 나눌 질문들

1 《우리는 왜 어른이 되지 못하는가》에서는 과거의 잘못된 방식의 권위를 지적하고 새로운 권위를 제시합니다. 저자는 이제 전통적 권위, 가부장적 권위의 하향식 모델보다는 수평적 모델과 집단적 권위를 가져야 한다고 말합니다. 교육, 심리, 사회, 정치 등 여러 방면의 '수평적이며 상호적인 권위' 시스템을 다루는데요. 여러분이 생각하는 수평적·집단적 권위의 모델은 과거와 달리 어떤 모습이라고 생각하나요?

2 저자가 말하길, 훈계와 단호함이 사라진 '칭찬 육아'는 오히려 "아이의 자존감을 하락"(207쪽)시키고, '친구 같은 아빠, 엄마'는 오히려 아이에게 부모와 자신이 "평등하다는 착각"(218쪽)을 일으킨다고 합니다. 그로 인해 사춘기 아이들은 빠르게 자신들이 주도권을 잡고 갈등을 일으킨다고 지적하는데요. 여러분은 이런 저자의 생각에 공감하나요?

□ 공감한다.

□ 공감하기 어렵다.

3 저자는 애정 어린 관심만으로는 잘 안되는 훈육이 있으니 필요에 따라 “처벌을 경험”해야 한다고 말합니다. 더 나아가 반복적인 정서적 폭력과 방임형 육아로 인한 무관심과 방임보다는 가벼운 체벌이 “덜 위험”(206쪽)하다고 말하는데요.

❶ 여러분은 이런 저자의 생각에 공감하나요?

□ 공감한다.

□ 공감하기 어렵다.

❷ 여러분이 생각하는 가벼운 체벌의 기준은 무엇인가요?

4 책에 따르면 아이를 키우는 동안 “권위를 개입시키면 안 된다는 생각은 큰 오산”(33쪽)이라고 합니다. 저자는 부모와 교사들의 권위 상실을 지적하며, 이 권위를 서로가 서로에게 미루고 있다고 합니다. 책임을 내포하고 있는 이 권위를 잘 사용하지 않는 부모들은 “안 돼.”라는 말을 꺼리며 “부드러운 양육법”(218쪽)을 택한다고 말하는데요. 그렇다면 여러분은 부모로서 가진 권위를 어떻게 사용하고 있다고 생각하나요?

5 저자는 아이를 둘러싸고 있는 집단인 부모와 교사, 학생은 수평적 네트워크 안에서 서로를 발견하라고 합니다. 여러 사람 사이에 분산된 권위를 이용해 "부재가 아닌 존재를, 만만한 평등함이 아닌 차이와 거리를, 통제가 아닌 주의 깊은 염려를, 비밀이 아닌 투명성을, 처벌이 아닌 회복"(217쪽)을 발견해야 한다고 말하는데요.

❶ 네트워크와 집단 구성원에 의한 새로운 권위 모델로 '부모의 역할을 분배하는 것'에 관해 여러분은 어떻게 생각하나요?

❷ 여러분은 어떤 방식으로 부모의 역할을 분배하고 있나요?

6 저자는 현재의 신자유주의와 민주주의는 심각한 불평등을 초래하고, 오히려 민주주의를 퇴행시키는 결과를 낳았다고 말합니다. 그는 공동체의 권위를 "새로운 민주주의 형태"(287쪽)로 가져가야 한다며 '숙의 민주주의'를 제시합니다. 국민 투표와 총선거가 전혀 민주적이지 않으므로, 대안으로 비례 대표제를 시행하거나 정치 현안 및 정책에 관한 충분한 정보를 제

공함으로써 채택된 정책이 권력이 될 수 있도록 국민이 '정책 자체를 투표할 수 있는 모델'을 제시하는데요.

❶ 여러분은 저자가 제시한 모델에 공감하나요?

☐ 공감한다.

☐ 공감하기 어렵다.

❷ 여러분은 투표할 때 후보자의 어떤 부분을 가장 중요하게 보나요?

☐ 정당

☐ 도덕적·윤리적인 태도와 가치관

☐ 실무 행정 능력

☐ 이미지

☐ 정책 공약

☐ 기타

7 〈옮긴이의 말〉에 따르면 심리 치료사는 비윤리적인 직업이라고 합니다. 전쟁터라는 사회(세상)에서 다친 병사들을 치료하고 멀쩡해지면 다시 전쟁터로 보내고 있기 때문입니다. 이 책

의 저자 또한 학교와 가정의 권위가 무너지면서 '새로운 권위자인 심리 치료사'에게 자녀의 문제를 떠넘긴다고 하는데요. "문제의 원인을 아이와 부모에게서만 찾고 사회적 원인과 사회 내부의 책임은 인정하지 않는다."(212쪽)라는 것입니다. 여러분이 생각하는 사회 내부의 원인과 책임에는 어떤 것들이 있나요?

결혼과 육아의 사회학

오찬호 지음, 휴머니스트, 2018

개별 가정이 아닌 사회 속 가정을 꿈꾸며

평등하게 결혼을 준비하고 싶었지만, 시댁의 경제적 지원을 받을 수밖에 없었던 상황. 내면에 스며든 가부장적 언어를 알아채지 못하고 서로 상처 주던 대화. "소신껏 키우면 되죠!"라고 말하면서도 경쟁하듯 육아 정보를 취합하는 모습. 남들 다 가는 산후조리원, 남들 다 한다는 책 육아, 남들 다 가지고 있는 육아템들…. 이 책은 읽는 내내 과거의 내 모습을 돌아보게 했다.

그래서 불편했다. 숨기고 회피하고 싶었던 민낯이 고스란히 드러났다. '불평불만 투덜이 사회학자' 오찬호 작가는 우리의 이런 민낯을 직시해야만 모순된 사회를 변화시킬 수 있다고 말한다. 지금 우리 삶에 일어나는 고통을 개인적 문제로만 보지 않고 그 뒤에 있는 비상식적인 사회 구조와 편견을 자세히 들여다보게 한다.

아이를 경쟁에서 빼내지 못하는 것은 부모들의 욕심만이 아니라 평등을 이루지 못한 사회에도 원인이 있다. 풍요와 빈곤 모두 만들어 내는 자본주의 사회에서 엄마들은 어떤 위치에 있을까? 어떤 생각을 할 수밖에 없으며, 무엇을 바꿀 수 있을까?

모임에 참가한 한 분은 잘못된 정서적 유전을 물려주지 않으려 노력하겠다고 다짐했다. 그런 유전으로는 가부장적인 문화와 과도한 경쟁의식을 꼽았다. 그분은 그것이 사라지거나 희미해지지 않고 세대가 거듭될수록 심해지는 모습에 안타까움을 표하며, 자신도 어쩔 수 없다는 말로 소신을 뒤집었던 과거의 행동들도 솔직하게 나눴다.

사회 비평서를 읽고 나누다 보면 결국 "아무리 그래도 현실은 어쩔 수 없잖아요."로 끝날 때가 많다. 현실적인 문제를 알아도 역시나 내일도 똑같을 거라는 허무와 염세주의적 생각만 짙어질 뿐이다. 책 마무리에 대단한 해결 방안이 나올 줄 기대하지만, 어느 책을 보나 "사회 시스템을 바꿔야 하고 개인들은 그것에 관심을 더 가지고 깨어 있으라."가 전부다.

지그문트 바우만은 선택의 여지가 없는 상황이란 존재하지 않는다고 말했다. 뚜렷한 해결책과 명확한 선택이 보이지 않는다는 이유로 딜레마와 부조리를 방치한다면 우리 사회는 결코 변화하지 못했을 것이다. 돌아보면 사회는 매일 조금씩 나아가며 엄청난 발전을 이뤄 현재가 되었다. 하나가 해결되면 또 새로운 문제가 생겨난다. 사회도 삶과 마찬가지다. 삶을 가꿔 나가는 일을 쉬지 않고 해야 하듯 사회를 가꾸는 데도 노력이 필요하다. 단번에 해결되는 유토피아는 없지 않은가.

'모를 때가 편하다'를 깨고 나오는 것부터 시작이다. 잘못된 부분을 알아차리는 것이 출발점이다. 오찬호 작가의 말처럼 "사회학이 제공하는 비판적 시선은 우리가 무의식적으로 받아들이는 '원래 그런 것'이 일으키는 부작용을 발견하게 한다". 더불어 사회적 언어를 조금씩 알아 가며 내 옆 사람을 덜 탓하기 시작했다. 그도 결국 사회에 존재하는 미미한 개인일 뿐이다. 아이의 모든 책임을 엄마 혼자 짊어질 수 없듯 거의 모든 문제의 원인은 복합적이고 다층적이다.

이 책을 나누며 자본주의 사회에서 결혼, 출산, 육아를 경험한 엄마로서 지금 서 있는 자리를 직시하고 성찰하게 되었다. "한국의 부모들은 과연 자녀를 시민으로 키우는 육아를 하는가?"라는 작가의 물음에 이제 각자만의 답을 찾아야 한다.

함께 나눌 질문들

1 책에는 연애-결혼-출산-육아-교육의 궤도에서 일어나는 다양한 사례가 등장합니다. 그중 여러분에게 가장 인상 깊었던 소재나 사례가 있다면 무엇이었나요?

2 〈1장〉 저자에 따르면 비혼자들이 갖는 "대한민국에서 결혼한다는 것"의 공포는 다음과 같습니다. 첫 번째는 "존재를 미약하게 만드는 경제적 사정"이고, 두 번째는 "관계의 어려움을 극복할 면역이 없기에 버티기가 힘들다고 판단"하는 것이고, 세 번째가 "성 불평등의 세상"(28쪽)입니다. 여러분이 가장 공감하는 것은 무엇이었나요?

1. 경제적 사정
2. 극복하기 힘든 가족 관계의 어려움
3. 성 불평등의 세상
4. 모두 다 공감하기 어려웠음

3 **〈남성 쪽의 지원을 받았다는 것〉**에는 시댁에서 주거 비용(1억 5,000만 원)을 지원받은 지윤 씨의 사연이 나옵니다. 그녀는 지원받기 싫었지만, 1억 원으로는 아파트 전세조차 구할 수 없는 시대에 '기본' 이하로 떨어질 것에 대한 두려움으로 도움을 받았다고 합니다. 저자에 따르면 이런 '돈거래'가 없더라도 결혼이라는 제도를 선택한 당사자들은 어떤 식이든 전통의 힘에 눌릴 각오를 해야 한다고 합니다. 여러분은 이 부분을 어떻게 보았나요?

4 **〈육아서에 사회구조는 존재하지 않는다〉**에 따르면 육아서는 자기 계발서처럼 철저히 개인에게 책임을 묻고, 부모의(주로 엄마의) 역할을 강조한다고 합니다. 또한 육아서는 현대 사회의 많은 문제를 가정 교육의 부재에서 찾고, 사회 환경이라는 변수를 배제한 채 육아 비법만 강조함으로써 부모들을 짓누르고 있는 사회적 요인에 관심을 두지 못하게 한다고 주장합니다. 그렇기에 육아서는 "반사회적"(127쪽)이라고 말하는데요.

❶ 여러분은 이런 저자의 주장에 공감하나요?

☐ 공감한다.

☐ 공감하기 어렵다.

❷ 여러분이 지금까지 읽었던 육아서 중 가장 공감했던 책과 실망했던 책은 무엇인가요?

5 〈**사교육 없이 평범하기조차 힘든 세상은 누가 만들었나**〉에 따르면 일반적인 사교육 무용론은 소용없다고 합니다. 저자는 오히려 사교육은 효과가 좋아서 문제이며, 사교육의 객관적인 문제는 모두가 평가에 익숙해져 서열화를 만든다는 데 있다고 합니다. 그는 "서열화는 필연적으로 아래에 대한 멸시와 혐오를 정당화한다."라고 말하며, 사교육의 놀라운 효과 때문에 전인적 인간을 길러 내지 못하고 있다고 지적하는데요. 여러분은 사교육 시스템을 어떻게 생각하나요?

6 저자는 프롤로그에서 "이 사회구조는 누가 만들고 누가 변화시키는 것일까? 사회 문제는 곧 사람의 문제다. 모순된 사회

를 변화시키려면 그 안에서 적응하고 살아가는 사람들이 …
확인하고 성찰의 시간을 가져야만 한다."라고 말합니다. 또
"우리가 우리를 직시해야 한다."라고 덧붙이는데요. 여러분이
이런 저자의 책을 보고 나누며 직시하게 된 점은 무엇인가요?
그리고 가장 시급하게 변화되어야 할 사회 문제는 무엇이라고
생각하나요?

지그문트 바우만, 소비사회와 교육을 말하다

지그문트 바우만·리카르도 마체오 지음, 나현영 옮김, 현암사, 2016

소비가 미덕이 된 시대에 울리는 경고 메시지

《지그문트 바우만, 소비사회와 교육을 말하다》는 유동적 현대 Liquid Modernity라는 독창적인 사상으로 유명한 지그문트 바우만이 리카르도 마체오(에릭슨 출판사 편집자)의 질문에 답한 인터뷰집이다. 그들은 작가 주제 사라마구, 마르셀 프루스트부터 철학자 자크 라캉, 슬라보예 지젝까지 다양한 분야의 지식인들이 펼친 사상을 언급하면서 사회, 철학, 경제 전반에 깃든 소비사회 시대의 문제점을 풀어낸다. 인문 사회서를 탐독하는 독자라면 재미있게 읽겠지만, 평소 이런 책을 즐겨 보지 않는 사람에게는 쉽지 않을 수 있다.

그럼에도 엄마 독서모임에서 이 책을 다룬 것은 유의미했다. 소비 지상주의가 시작된 부모 세대보다 현재 자녀 세대에는 소비문화가 더욱 강화되었다. 게다가 전 세계적으로 저성장이 장기화되면서 청년들이 겪는 고통도 날로 커지고 있다. 양극화는 경제, 사회, 정치, 문화 모든 영역에서 심화되고 있다.

책을 덮고 나면 다음과 같은 질문이 필연으로 따라온다. 우리는 다음 세대에게 희망을 꿈꾸게 할 수 있을까? 자녀가 살아가야 할 시대는 대체 어떤 모습일까? 그곳에서 살아갈 자녀에게 무엇을 말해 줄 수 있을까? 마지막으로 우리 아이들에게는 어떤 교육이 필요할까?

"소비자로 존재하는 것이 권리이자 의무"이고 소비가 도덕적 행위가 되는 이 시대에 우리는 스스로 '자발적 노예'가 되고 있다. 부모들은 아이에게 더 비싼 물건과 교육을 제공함으로써 부족한 정서적 교감에 대한 죄책감을 덜고 있다. 비싼 레고 장난감을 받고 활짝 웃는 아이의 표정을 흐뭇하게 바라보며, 아무것도 못 사 주는 것보다 낫다는 안도감에 반복적으로 소비한다. 그렇게 자란 아이가 삶에서 '탈소비의 즐거움과 만족감'을 느낄 수 있을까? "보상의 형태로 죄책감을 자본화"하는 것을 그만두고 아이 곁에 머무는 시간을 확대하려는 노력을 개인과 사회는 어떻게 해야 할까?

악화되는 속도는 늘 회복되는 시간을 앞지른다. 2011년에 인터뷰한 내용은 10년이 지난 지금도 유효하다. 오히려 더 심각해진 상황에 씁쓸한 기분마저 든다.

2021년 한국은 첫 데드 크로스(사망자 수가 출생아 수를 초과하는 것)를 겪었다. 유럽이 이민 이주자 유입을 확대했던 것처럼 국내에서도 머지않아 이민자를 향한 문을 활짝 열 것이다. 이런 상황에서 바우만은 그들을 이방인 취급해서는 안 되며 "다양한 문화의 창조적 결합으로 창조력을 발휘"하고 함께 살아가는 협력자이자 절대적 필요조건으로 포옹하는 성숙한 정치와 시민 의식을 준비해야 한다고 말한다. 다음 세대를 키우는 부모(어른)들이 먼저 타인을 향해 관용과 평등의 지혜를 보여 주는 집단이 되길 희망해 본다.

지그문트 바우만의 답을 듣다 보면 이 소비 지상주의 사회에서 우리가 희망을 품고 살아갈 수 있을지 의문이 든다. 그의 말이 공허하게 들리기도 하지만, 끝내 교육만이 답이라는 사실은 부인하기가 어렵다. 교육은 학교 안에서만 이루어지지 않는다. 편집자 마체오의 말처럼 "우리는 그저 달리 갈 곳이 없기에 모두 이웃이 되고, 결국엔 서로를 참고 견디며 공존해야 한다". 바로 이것을 교육해야만 하지 않을까.

1 《지그문트 바우만, 소비사회와 교육을 말하다》는 지그문트 바우만 교수에게 편집자인 리카르도 마체오가 소비사회가 잠식하는 인간적인 삶과 교육에 관해 질문하고 답한 책입니다. 여러분은 이 책을 어떻게 읽었나요?

2 **〈4강 닫힌 마음을 열고 '영구 혁명'으로〉** 바우만은 유동적인 현대에는 "스마트 미사일"(41쪽)처럼 "먼저 학습한 것을 즉각 잊고"(39쪽) 생각을 바꿔 새로운 정보를 만들어 낼 수 있어야 한다고 말합니다. '교육 혁명'을 언급한 베이트슨의 학습 3단계 중 마지막 단계는 비정상 데이터가 많아지는 순간 근본적 점검이 요구되는 지점을 제어하는 것이라 합니다. 그렇기에 바우만은 이렇게 "급변하는 정보를 빠르게 습득하고 재편집하는 능력을 양질의 학교 교육으로 채워야 한다."(45쪽)라고 말하는데요.

❶ 여러분은 이 부분을 보고 어떤 생각이 떠올랐나요?

❷ 정보를 빠르게 습득하고 재편집하는 능력은 어떻게 키울 수 있을까요?

3 **〈13강 분노하여 벌 떼처럼 일어나는 정치적 집단들〉** 마체오는 알베르트 반두라의 《자기효능감》(윤운성 옮김, 학지사, 2004)을 인용하며 "집단 행위자 활동의 중요성"(131쪽)이 점점 커지고 있다고 말합니다. 그 예로 점점 많은 빚을 지게 만드는 교육 제도를 개혁하기 위한 칠레 젊은이들의 외침으로 헌법이 개정되고 학교와 대학이 투자 확대를 약속받은 사건을 언급합니다. 이에 바우만은 "신뢰를 잃은 정치적 기제의 대안"으로 생겨난 "수평적이고 측면적인 경향"의 새로운 정치적 집단은 쉽게 모이고 흩어지는 "벌 떼"(135쪽) 같다고 표현합니다. 결국 그런 정치적 집단의 에너지는 "강렬한 열정으로 타오르지만" 쉽게 식어 '제도화'까지 이루지 못한 채 진짜 원인은 제거되지 못한다고 하는데요. 여러분은 이런 지그문트 바우만의 생각에 공감하나요?

☐ 공감한다.

☐ 공감하기 어렵다.

4 〈**14강 결함 있는 소비자와 끝없는 지뢰밭**〉 마체오는 2011년 영국 폭동(영국 런던에서 흑인 청년 마크 더건(29세)이 경찰의 과잉 대응으로 사망하며 시작된 시위가 지역 상가를 불태우고 약탈하는 폭동으로 변질된 사건)을 언급하며 오늘날 젊은이들 사이에 만연한 소비 지상주의에 관한 생각을 묻습니다. 바우만에 따르면 소비 지상주의 사회에서 우리는 소비라는 행동으로 만족감을 얻으며 심지어 "삶의 충만함"(144쪽)마저 느낍니다. 그로 인해 쇼핑할 수 없는 소비자는 인간 존엄의 부재를 느끼게 되고 분노하면서 가지지 못한 것을 파괴하려 한다고 말합니다. 그래서 2011년 영국 폭동은 소비 지상주의로 인한 "결함이 있어 부적격이 된 소비자들의 폭동"(141쪽)이라고 말하는데요.

❶ 여러분은 이런 바우만의 생각을 어떻게 보았나요?

❷ 바우만은 "나는 쇼핑한다, 고로 존재한다."와 같은 표현

이 쓰일 정도로 계속 물건을 버리고 사면서 우리는 가장 살아 있는 것 같은 감정을 느낀다고 말합니다. 그렇다면 여러분은 쇼핑에서 어떤 감정을 느끼나요?

5 **〈12강 정치적 문제로서 장애, 비정상, 소수의 문제〉** 마체오는 장애 아동과 비장애 아동을 한 교실에서 가르치는 통합 교육을 어떻게 생각하는지 묻습니다. 바우만은 "정상 대 비정상이 다수 대 소수의 개념으로 숫자의 차이가 질의 차이가 된다."라고 말합니다. 소수가 곧 열등함을 의미하고, 사회 불평등이라는 현상으로 재생된다는 것입니다. 이것은 어떻게 소수의 권리를 옹호하느냐 하는 정치적 문제가 되는데, 비정상에 대한 차별은 다수에 소수가 통합될 수밖에 없는 현재의 민주주의 메커니즘에서 "사회 질서를 유지하려는 활동"(125쪽)이 되었다고 합니다. 더 나아가 '주변부의 비정상성'을 선별하고 낙인찍어 제압하는 것은 "질서를 영속화하기 위해 치러야 할 부득이한 희생"(126쪽)이라고 말하는데요.

❶ 여러분은 이 부분을 어떻게 보았나요?

❷ 여러분은 비장애 아동과 장애 아동의 통합 교육을 어떻게 생각하나요?

6 **〈16강 라캉의 '자본주의'에서 바우만의 '소비 지상주의'로〉**
마체오는 인간관계에서 또는 사랑을 할 때 발생하는 "불확실성과 난관과 위험의 요소들이 신뢰를 잃으며" 이것들은 그저 "시간 낭비로 여겨"(176쪽)지고 있다고 말합니다. 결국 사람들이 인간관계를 회피하고 사물에 더 집착하면서 평화를 느낀다고 합니다. 이에 바우만은 사람들이 함께 보내지 못한 시간에 대한 '양심의 가책'을 값비싸고 흥분되는 선물로 보상하려다 보니 "쇼핑이 일종의 도덕적 행위"가 된다고 말합니다. 그는 또한 그 행위를 하지 못하면 도덕적 가책을 느끼므로 결국 "타인에게 선을 행하려는 의도가 상업화"(183쪽)되고 있다면서 이런 부분을 방어하기 위해서는 "자발적 자기 통제와 자기희생이 필요"(184쪽)하다고 하는데요 그렇다면 우리가 할 수 있는 구체적인 행동은 무엇이 있을까요?

사회서를 읽고 나눈 후에

이해라는 끝없는 시도

다른 사람을 이해하는 게 정말 가능할까? 상대에게 나를 이해하지 못한다고 말하면서도 우리는 늘 이해의 끈을 놓지 않는다. 사회서에서 던지는 수많은 질문에 답을 한 날이면 유독 타인을 이해할 수 있는 마음의 폭이 넓어지고 있다고 느꼈다. 사회 속에서 나의 위치 찾기는 내 주변에 무엇이 있고 누가 있는지 보이게 한다. 나와 타인은 단지 거대한 시스템 속에서 움직이는 미약한 존재라는 사실에 타인을 향한 연민이 생긴다. 불행의 원인을 한 개인에게 모두 떠넘겼던 때를 떠올리며 후회하기도 했다.

하지만 그것은 나를 위한 이해일 때가 많았다. 남을 위한 것 같았지만, 순전히 나를 위한 과정이었다. 스스로를 착한 사람으로 만들어 도덕적 우위를 선점하려는 이기적인 마음이었는지도 모른다. 절대적 이해, 이타적이고 온전한 이해가 되기에는 요원하므로 이제는 타인을 향한 선의를 완료형이 아니라 진행형으로 만들겠다고 마음을 고쳐먹는다.

"이해했다."가 아니라 이해하려는 시도를 지치지 않고 매일 계속하려 한다.

결국 내가 책을 읽고 나누는 이유는 '이해하려고 노력하는 사람'으로 살고 싶기 때문이다. 부조리한 세상과 한 길 속도 알 수 없는 인간을 이해하고 사랑하고 싶고, 마땅히 아름다워야 할 것들에 감응하며 살고 싶다. 남녀노소를 막론하고 바르게 살려고 애쓰는 개인이 많아질 때 세상은 좀 더 아름다워질 테니 나 역시 그런 사람으로 삶을 살아내고 싶다.

사람들은 불안을 싫어한다. 지금처럼 다양한 정보와 거짓 정보가 난무하는 세상은 불안을 가중한다. 불안을 해소하는 방법으로 우리는 '지적 게으름'을 부리며 내가 믿고 싶은 정보만 쫓거나 자신이 믿는 절대적이고 익숙한 가치만으로 해결하려고 한다. 빠르고, 정확하고, 단순하고, 깔끔해 보인다. 그로 인해 다치고 고통받는 이들은 보려 하지 않는다.
복잡 미묘한 사회에서 옳고 그름을 위한 최소한의 근거를 찾으려는 성실함은 질문에서부터 시작된다. 애매하고 팽팽한 대립을 뚫고 내 의견이 관철되도록 노력한다. 토론 중에 의견이 다른 사람을 보고 단순히 "아…, 당신은 그렇군요."라고 쉽게 수용하는 사람도 있지만, 적극적으로 이해를 시도하고 내 생각에 대한 회의와 겸손을 갖춰 정중하게 되묻는 사람도 있다. 그런 사람에게 눈치를 주거나, 꼬치꼬치 캐묻는 유난스러운 사람으로 보지 않아야 한다. 조금 늦더라도 충분히 질문하고 천천히 생각하며 사회와 타인을 이해하려는 방향으로 나아간다.

이해는 불완전함을 내포한다. 완벽한, 완료된 이해란 없다. 불안한 삶을 견디면서도 타인을 알아 가려 관심을 가지고 타인의 생각을 귀담아들으려는 태도를 견지할 뿐이다. 내가 가진 앎과 지식과 수많은 사유가 허무하고 공허해지지 않기 위해, 이제는 생각보다 몸을 더 많이 움직여야 한다는 것을 안다. 사회서를 읽어 나가면서 무력한 허무주의자와 무용한 비관주의자가 되지 않고, 이 세상에서 나의 위치를 항상 들여다보려 한다.

책을 읽고 나누는 엄마들이 더욱 많아지기를

책 모임을 해오는 동안 느낀 마음을 딱 한 단어로 표현하라고 하면 그리스어인 '필록센니아'(《당신의 마음에 이름을 붙인다면》, 글/그림 마리야 이바시키나, 김지은 옮김, 책읽는곰, 2022)를 말하고 싶습니다. 쉽게 말하면 이방인에 대한 환대와 대접이라는 의미로, 그림책 번역에는 이렇게 쓰여 있더군요.

낯선 사람을 향한 환대와 존중
새로운 사람을 만나는 기쁨

그동안 책으로 만났던 엄마들, 바로 그녀들에게 느꼈던 우정과 필록센니아 덕분에 이 책을 쓸 수 있었습니다. 글을 쓰는 내내 그녀들의 생기 어린 얼굴과 자신의 언어를 만들어 가려는 단단한 눈빛이 떠올랐습니다. 경청자로서 가만히 그녀들의 이야기를 듣다가 조용히 혼자서 느끼곤 했지요. 지금 내가 대단히 좋은 곳에 있다는 것을……. 그 공간을 꾸리고 이끌어 가는 것은 저였지만, 매번 그 시간을 좋은 곳으로 만든 것은 그녀들이었습니다.

그 시간은 우리에게 가족과 친구 이외의 다정한 타인이 필요하다는 것과 나와 다른 이야기와 생각을 나누며 오히려 큰 기쁨과 깨달음을 준다는 것을 알게 해 주었습니다. 책과 함께 만났던 그녀들에게 이곳을 빌려 지고한 사랑과 감사를 전합니다.

이 책을 처음으로 기획하고 제안해 준 하나의책의 원하나 대표님과 든든했던 조유진 편집자님 감사합니다. 마지막으로 이 책을 마지막까지 읽어 주신 독자님들께 감사드립니다. 독자님들이 책을 읽는 동안 답하고 싶었던 질문이나 읽고 나누고 싶었던 책이 하나라도 있었다면 좋겠습니다. 책을 읽고 나누는 엄마들이 더욱 많아지길 바라며 글을 마칩니다.